善待

清如 著

九州出版社
JIUZHOUPRESS

图书在版编目（CIP）数据

善待 / 清如著. -- 北京 ：九州出版社，2023.12
ISBN 978-7-5225-2476-4

Ⅰ．①善… Ⅱ．①清… Ⅲ．①散文集－中国－当代
Ⅳ．①I267

中国国家版本馆CIP数据核字(2023)第207266号

善待

作　　者	清　如　著
责任编辑	赵晓彤
出版发行	九州出版社
地　　址	北京市西城区阜外大街甲 35 号（100037）
发行电话	(010)68992190/3/5/6
网　　址	www.jiuzhoupress.com
印　　刷	鑫艺佳利（天津）印刷有限公司
开　　本	880 毫米 ×1230 毫米　32 开
印　　张	11
字　　数	183 千字
版　　次	2024 年 1 月第 1 版
印　　次	2024 年 1 月第 1 次印刷
书　　号	ISBN 978-7-5225-2476-4
定　　价	56.00 元

前　言

　　人生，充满了一次次相逢，缘起缘灭，倾了一世的情。在生命的浪涛中挣扎，我只是一朵小小的浪花。微弱如一粒尘埃，平凡若一株小草。希望我的拙作，在滚滚红尘中，如一湾沙漠里的清泉，让有缘的您，心灵安和亦清凉。

　　愿它能给大家带来清美、柔暖、温情、智慧。在最平凡的文字里，感悟最真实有趣的人生。

2023 年春于北京家中

目　录

第一辑　风景人生

第二辑　生命之花

第三辑　爱的旋律

第四辑　依依亲情

第五辑　友爱之暖

第八辑　感恩之心

第一辑　风景人生

第一场雪

这是今年冬季的第一场雪。纷纷扬扬的雪花漫天飞舞，犹如天女散花，洒满大地的每一个角落。

最喜欢白雪的我，不禁放慢了脚步，任凭轻盈美丽的雪花飘落在我的全身。望着洁白、纯净的片片雪花，我忘情地享受着大自然给予的爱抚，心里荡漾着无尽的愉悦与欢畅，暖暖的感觉顿时融进我干涸的心田，滋润着我的渴望。

而当我漫步于一座立交桥上的时候，见台阶最低处有一位拄着双拐的老人跪坐在那儿。他看上去七十多岁，身穿一件宽松的黑色棉衣。他用力支撑着，试图站起来，显得那样的无助。他几次努力地爬起，又几次重重地摔了下去。这时我才发现，他的右腿已截肢至膝盖。

我当时距老人只有约三米远，看到此情此景，竟不知所措。抬头看看老人，又低头瞧了瞧自己美丽飘逸的长毛裙，想上前搀起，却又因种种顾虑，欲前又止。

桥上的行人三三两两。正在我踌躇之际，从桥上下来一位年轻的小伙子，中等身材，穿着朴实，这个看起来似乎与我同龄的人从我身边擦肩而过，径直走下台阶，来到老人身边，用力把老人扶了起来。待老人站稳后，他什么也没说，头也不回地走了。当老人侧过身想看一看这个好心人时，他已消失在白茫茫的雪中。

　　我轻轻地舒了一口气，但心中却涌起深深的惭愧与感慨。或许很多人都和我一样，喜欢这洁白无瑕的雪吧？因为它能拂去人们心灵深处的尘埃，净化那一个个，行走在纷纭世事中的灵魂。

2000 年初冬

公园拾趣

那一天，姐姐休息，于是她约我，陪同她的婆婆，又抱着一岁半的宝宝去逛公园。我也很久没有去公园了，听说动物园新引进了一批动物，我便欣然同意与她们一同前往。那天，天空特别晴朗，没有一丝风，暖暖的，使人倍觉舒畅。

来到公园，姐姐的婆婆与宝宝热衷于动物，而我与姐姐更钟情于花草。在公园一角，我们发现一片竹林，竹林周围绿草茵茵、鲜花盛开。无意中，我发现每片草坪与花池里都有一块标牌，可让我惊异的是，标牌的内容一改往日风范，不再是什么"请勿折花草，违者罚款"之类的内容，完全是另一种格调。

在一片百花园里，有这样两个白底红字的牌子，一个牌子上的内容是：爱比花红，情比绿浓；另一个牌子上的内容是：明天你是否依然爱我。更令人惊喜的是满园的花，竟然没有一个人随手折摘。我不禁驻足，高兴地对姐姐说："姐姐，你看，这些标牌写得多好啊。它赋予花草以感情，让人们倍感亲切，谁还能忍心去伤害它们呢？"

"是挺有意思的。"姐姐抱着宝宝微笑地看着。

"我想这个写标牌的人一定也是个很浪漫的人。游园的恋人肯定不少，在这里拍张照片，还可以象征爱情的美好和永恒，为未来的生活增添一份光彩与回忆，将更加令人回味。"我们边说边向前走着，忽然又见一块标牌立在面前，上面写着：芳草依依，足下留情。我们立刻停下脚步，再没有跨过一步。因为前面的花草正含情脉脉地向我们招手致意。我们的心与它们的心已碰撞出了一簇爱的火花，我感觉到它们的心在跳动。无论是美丽的鲜花，还是柔韧的小草，在我的心中仿佛都是多情的小生命。它们默默无语地用整个生命装点人间的美丽，让每一个有爱心的人都心甘情愿地去珍惜它们的存在。

多么希望这些标牌也能够给其他游人如此的感受，那也不枉园林工作者们的一片苦心及浪漫情怀。

我的心豁然开朗。周围的一切好像都在注视着我。我深切地体会到了文化给人带来的愉悦和力量，我想，这可不可以叫做"公园文化"呢？

1998 年

初　秋

一叶知秋。

初秋的一个早晨，窗外的鸟儿在鸣叫。阴天了，好想拥抱一下霞光，却不见，心柔软得如一朵追风的云。自古逢秋多寂寥，不觉中，眼角竟莫名微润，心若安好，便是晴天。我不再遐想，来到楼下，发现外面竟然起风了。虽然只是初秋，但是这微微的秋风中已经略带些凉意了。草坪上，在微风中摇曳的小草，在这四季轮回中彰显着它那顽强的生命力。一种叫不出名字的树，曾经很绿，此时它的簇簇繁叶已经偶有几片似火焰般殷红了，真是光阴如梦啊！

一片过早干枯的柳叶，随着一阵微风飘落到我的脚下，此时的我竟毫无理由地站在那儿有些感伤了。秋天本是成熟的季节，但在这成熟的背后，似乎又有一种莫名的失落与惆怅。这时候，我情不自禁地想起了终日奔波且人到中年的哥哥，他那张英俊的脸上，已被岁月悄然地刻上了几道皱纹，显得更加成熟与深沉了。

花坛里，鲜花依然盛开着。那串串惹眼的"万年红"没有因为秋天的到来而黯然失色，反而更红更艳了。那朵朵美丽的小红花显得更娇贵了。所有的绿色与初春时盎然心动的嫩绿相比，竟别有一番风韵。

原来，美好的事物并不会轻易随着外界环境的变化而失去它的美丽！我有些释然了。

又是一阵轻轻的风，吹到身上使人感到一丝凉爽。

"在这儿想什么呢？不会是在想梦中的白马王子吧？"一声亲切的话语，打断了我的思绪。

"哎呀！哥，吓了我一跳！"回头一看竟是哥哥，我与他并肩向前走着，"其实也没想什么，只是在欣赏这初秋的景色而已。"

"我发现你总是诗情画意的。"哥哥微笑着说。

"别笑话我了，可惜你的妹妹，既不是诗人，也不是画家。"我歪着头看了哥哥一眼。

"能懂得欣赏，我认为已经是一种收获了。"哥哥一本正经地对我说。

听了哥哥的话，我微笑不语。

1996 年

莲之爱

如果有来生，我愿化作一株莲花，生长在清澈的水中。在所有的花中，我尤其喜爱莲花。尽管我写不出《爱莲说》那样千古叫绝的美文，但我对莲花却情有独钟。

八月下旬，一次偶然的机会，我来到了魂牵梦绕的白洋淀。老作家孙犁笔下的白洋淀里炮火连天的景象不见了，眼前是一派美丽宜人的自然景观。乘船穿过一望无际的芦苇荡，我们来到了白洋淀的北淀。这里湖水清澈幽深，当我们的小船划进了铺满荷叶的水域时，我没有见到一朵莲花。花开的季节显然已经过了，但我并不遗憾，那嫩绿的荷叶已足够我欣赏了。

船慢慢地划着，伸手撩些水到荷叶上面，那水便很快成珠向下滚落。莲花果然不同于别的花，就连它的叶子也滴水不沾，且出奇得大，足可以做一把遮阳的小伞。

这是一种怎样的植物呢？听母亲说，大凡植物都是有灵性的，这莲花的灵性在我看来便是一尘不染的高洁和恰到好处的淡雅。

记得外婆家附近有一个"莲花池"，里面长满了莲花。小时候常跟着大人们坐船到里面采花，还高兴地抱回家给外婆看。外婆给我准备了一些高高的玻璃瓶，我盛满水，把那些含苞欲放的花插到里面，然后整齐地摆放到窗台上，美滋滋地欣赏着。可好景不长，没多久花便凋谢了。

回想起来，我感到一种罪过。那是在摧残美丽的生命啊！我在心里"责怪"母亲，为什么不早点儿告诉我莲花是有灵性的。

这时，一声呼唤打断了我的回忆。远处一位戴斗笠的老翁，双手摇着桨，站立在一叶小舟上，在另一片铺满荷叶的水域上向我们划过来，大声喊道："喂！千万不要折荷叶哟！"

"放心吧！大爷，我们一片也不会折的，我们都带着太阳伞呢！"于是，我举起手中那把粉黄色的太阳伞给老人看，让他放心。这荷叶似的太阳伞下，如今已不再是那个折荷花的小女孩了。

一时，心中情不自禁又联想起唐代诗人王昌龄那首美如画的《采莲曲》：

荷叶罗裙一色裁，芙蓉向脸两边开。
乱入池中看不见，闻歌始觉有人来。

1997 年

玉渡山

美丽迷人的玉渡山，地处北京郊区延庆张山营镇的深山之中，若不是朋友的朋友在此地居住，我想我今生也无缘无福投入它温柔又宽广的怀抱了。

去年夏天，我们带着公公婆婆，有幸与北京青年报社的朋友一道，去玉渡山自驾游。一路上那高山壮阔、满目葱翠、白云缥缈、碧水清幽、芳草萋萋、山花烂漫、溪流潺潺的无限美好，萦绕在心。我一直想把这赏心悦目的畅游过程写出来，然一直忙于工作及家庭中的琐碎之事，迟迟不能落笔，另外，也怕我的一支拙笔，描摹不出"这块无瑕美玉"的纯真美丽。

但是玉渡山的美，一直扎根在我的心底，挥之不去。时隔一年，正值满眼葱翠的夏季，我终于情不自禁地拿起笔来，在奔涌的情思里再次触摸它的魅力。

很多北京人都不知道，首都的周边竟有如此巍峨的高山和碧绿的湖水。

　　玉渡山藏于深山茂林之中，人迹罕至，自然风光原始，山水相映，壮美又宽阔，清新润朗的空气沁人心脾。这里山峦叠翠，山壑碧水澄澈，白云纯净缥缈，低眉含情，柔柔地环绕着山的腰身。玉渡山的最美之处还不在此，它独树一帜的美，在于山顶上有一片大草坪，微微有点斜坡，宽广壮阔，隆起于地面。时值盛夏，草坪上一片生机勃勃，草色葳蕤，野花散缀。这个大草坪略呈圆形，像是一条绿油油的绒毯铺在硕大的床上。最美的是草坪被远处的大山环绕着，像是天然的绿色帷帐，让人想恣情地行走坐卧，在上面观蓝天、赏白云。很遗憾，当时车上没有帐篷，我们没有在那草坪上好好享受一番。站在草坪中间，举目远眺，山外有山，云外有云，心旷神怡，柔情百转，美不胜收。从草坪入口到对面山脚下有近半小时的路程，草坪尽头的边缘内，还有一个近椭圆形的小小的湖泊，湖水清浅，可见一两簇芦苇，像是一颗珍珠镶嵌在这块绿绒毯的一角，为这块大绒毯锦上添花。

　　我们意犹未尽地离开草坪，来到山脚下，向左转，穿过树丛中一条小路，曲径通幽，不一会儿，柳暗花明又一村，真像《桃花源记》里写的那样，忽然豁然开朗，又是另一番截然不同的景象，有一个洁净的红柱凉亭可以坐下来小憩，周围都是郁郁葱葱的高山，生机盎然。山谷中的罅隙，水域宽阔，碧水清幽，山水相依，山很高却丝毫没有压抑闭塞之感，反而让人觉得无限的秀美。轻风拂来，水面荡起微波，心中不免漾起圈圈美丽的涟漪……

大自然的美原就如此，能让一个人从身体到灵魂都无限愉悦，无限清净美好。再美的城市，再有文化底蕴的建筑风景，再美的艺术，我觉得也没有大自然的美让人赏心悦目。我想这就是人们喜欢自然风光的主要原因吧。

南怀瑾大师生前几经周折拜访到一位高人，高人曾对他说，大多数人看山水，眼神便被山水给吸过去了；看花，眼神便被花给吸过去了。我们看山水，眼神应该把山水吸过来，山水则在心中；看花，眼神则把花的美吸过来，则花开在心中。高人从来都是点到为止，让人心悦诚服，茅塞顿开。我理解为一个人如果心胸永远如山水一样壮阔，如花儿一样美好，那人生还会有什么烦恼之事呢？南怀瑾大师生前曾说过，一个民族或国家暂时灭亡都不可怕，因为后代可以复国，最可怕的是一个民族特有的传统文化断灭了，那这个民族就彻底完了。我很赞叹南老先生说过的话。

我曾读过这样一段文字，大概内容是，美国前总统尼克松写过一本书叫《1999 年：不战而胜》，在那本书的最后部分有这么一句话：当有一天中国的年轻人已经不再相信他们老祖宗的教导和他们的传统文化，我们美国人就不战而胜了……

无论怎样，我觉得有必要把这段文字搬出来。今天正值端午节，在这个中国的传统节日里，这段文字让我想起屈原。楚国的灭亡源于秦国使者张仪勾结并利用楚国的奸臣，挑拨楚怀王对屈原的信任，散布流言。因为屈原出身高贵，身兼要职，对当时兴盛的楚国起着举足轻重的作用。屈原有着卓越的政治才能，博闻强识，为人正直，忠肝义胆，一心报国，直言上谏。最初，楚怀王相当器重他，采纳了他很多的政治主张与治国良策。后来，楚怀王被迷惑，不再听屈原劝阻，被骗至秦国客死他乡，接任楚怀王王位的顷襄王也是昏君，他听信奸臣诋毁，不仅没有重用屈原，还将他放逐，令他永远不得回朝廷做官。屈原怀着一腔悲愤投汨罗江以身殉国，楚国最终也灭亡了，但是屈原留下的辉煌篇章《离骚》却流传千载，熠熠生辉。

中国传统文化包含着太多的精髓和深厚的文化底蕴，《黄帝内经》《道德经》《庄子》《史记》《古文观止》《孙子兵法》《菜根谭》《了凡四训》等经典文献太多了，有了它们，才有了中华民族辉煌灿烂的民族文化的传承。

中国传统文化的精髓教育我们要做一个有道德，有修养，有胸怀，有孝心，尊老爱幼，讲诚信的光明磊落之人。成为一个这样的人，自然会让家庭和睦，朋友喜欢，社会和谐。如果从小就在生活点滴中潜移默化地教育孩子，可想而知，这样的孩子长大后，在任何环境里他都会受人喜欢，更不会搬弄是非，给别人带来烦恼。

《论语》里有这样一句话，子曰："道之以政，齐之以刑，民免而无耻。道之以德，齐之以礼，有耻且格。"

大概意思是，孔子说，用政治法令来整治，用刑罚来加以约束，百姓会因为恐惧刑罚而免于犯罪，但是没有羞耻之心，还会存在侥幸心理去做坏事。如果用仁政道德来引导，以礼教来约束，那么百姓就会产生羞耻之心，进而能够自律，约束自己的言行，避免做不好的事情。

孔子作为圣贤，他的观念充分说明了一个国家的传统道德教育的重要性。对于每个人更是如此。

我们如果做不到看山水则山水在心中，看花则花开在心中，那么我们可以从小教孩子做一个喜欢大自然的人，做一个心胸开阔、心灵美好的人，做一个勿以恶小而为之、勿以善小而不为的人。其实，人类的一言一行，也间接影响着大自然的美好与和谐。

2016 年端午节于北京家中

难忘中秋

又是中秋。

在阳台上，我独自一人伫立良久。仰望幽远的夜空，一层阴云把明月完全地遮盖住了，整个天空变得朦朦胧胧。在深夜十二点整，一轮圆圆的、银白色的月亮终于从云层的缝隙中完全地探出脸。我非常兴奋，这么晚了，还有谁有幸能看到这一轮明月呢？此时人们都已进入梦乡，只有远处的几家灯火，像点点的星星在闪烁着。不知他们是在等待这一奇迹般的景象，还是在欢聚畅谈？今天可是万家团圆的日子呀！

回到卧室，我站在窗前，回想起他给我打来的电话。他在电话中问我："咱们这么久没见面了，你想我想到什么程度？"

"我无法回答这个问题。"我在电话里告诉他。

"为什么呢？"他追问我。

"因为我对你的想念是语言不能表达的呀！"我轻轻地

说，"况且在电话里我也不便说的。"

"不知咱们何时才能见面。"他像是自言自语。

"那就看天意了。"我小声地说。

"你说什么？"他没有听清便又问我。

"我是说，该见面的时候，自然就见面了。"

"唉，人在江湖，身不由己。"他说。

听了他的话，我半晌不知说什么好，其实莫不如说"人在军营，身不由己"。除了绿色的军营，哪里还有这样的禁令！不过这一点儿付出又是那样的值得，因为有了他们，才有了万家的幸福团聚。我忽然感觉，我愿意有这样诗情画意的分离。正如一句诗所说：月圆是画，月缺是诗。

2001 年

深 秋

夕阳在不知不觉中，散尽了余辉。那随风飘动的落叶，让人感觉是一种思念，一种惆怅……这思念和惆怅，在深秋的黄昏凝成了一滴一滴的眼泪……

记忆中父亲离开我们时就是一个飘满枯叶的深秋，因此每每见到落叶，我的伤感之情油然而生，不免联想起很多往事来。

父亲是病故的。在他离世前不久，可能由于心情的缘故，他做了一件很令人遗憾的事——把我家养的一条狗给卖掉了，而且是卖给狗贩子。那条狗已养了十多年，我们全家人都对它很有感情。直到现在我也不明白，一向善良的父亲如何忍心卖掉了它。或许当时贫困的家里确确实实需要那几十块钱，或许与父亲病故前的心情有关。那条狗是黑色的，它的眼睛上方有两簇白色的圆形毛斑，我们因此称它"四只眼"。

那天我放学回家，在大门口出来迎接我的是另一条小母狗，它的毛长而卷曲，比"四只眼"年龄要小些，所以我们称它"毛毛"。毛毛依旧和以往一样向我的身上扑，摇头摆尾。我走进院子里仍不见"四只眼"，心中疑惑，不禁快步跑到厨房问母亲。

"妈，四只眼哪去了？今天它怎么没到院外接我？"

"让你爸卖了。"母亲脸上是很难过的神情。

"卖了？"我倍感惊讶，甚至不相信自己的耳朵，"那你为什么不阻拦我爸呢？"

"他执意要卖，我劝也没用。"

"我爸呢？"

"在园子里干活。"母亲轻声说，"我看你爸近来脾气特别古怪。"

听了母亲的话，我顿时没有了女孩的矜持，背着书包就向园子里奔去，四岁的毛毛紧跟着我。我奔到园子里，见父亲正在劳动，我的腮边已挂满泪水，哽咽着问父亲："你怎么忍心把四只眼卖了呢？为什么？它会死得很惨啊！"

"卖就卖了，有什么好哭的，咱们家不是还有毛毛吗？"父亲阴沉着脸，望着我身边已长大的毛毛说道。

"可是四只眼它特别温和，已经通人气了，它比毛毛懂事多了，养了十多年呀，你难道不知道吗？"我越说越难过，又大声质问父亲："要卖以前怎么不卖？"

"大人的事，小孩子不要插嘴，我卖它自然有我的道理，回屋写作业去吧！"父亲严厉地说。

"这狗是三哥养的，是他的最爱，看三哥回来你怎么交代！"我用手抹着眼泪，不敢再多言，只好回屋写作业去了。

那段日子，父亲确实脾气古怪，大不同于往日。后来，听母亲说，四只眼被卖给小贩时，还流了眼泪，它可能知道自己和我们全家缘分已尽。卖了它之后，不仅是我，母亲和三哥也流下了眼泪，毕竟它和我们一家人有了太深厚的感情。村子里人多，可它只看家护院，特别温厚，从不伤人，不像毛毛那样愣头愣脑，不知深浅。十年的时间对一条狗来说，不算短了。也许母亲说得对，它的寿命到了，想开也就是了，可我忘不了那个秋天，父亲也就是在那个秋天故去的。

至母亲搬到城里那一年，我依旧在读书，后来才得知，可爱的毛毛在母亲变卖家当那几天，突然死去了。那一年毛毛恰巧十岁，在我家整整生活了十年。那也是一个秋天，毛毛的死，好像是上天的安排，倒免去了日后全家人对它的牵挂。

四只眼和毛毛都产过许多幼崽，但都送人了。

时隔多年，很多往事仍历历在目，经历了人生二十多个春秋，最感怀的还是这落叶纷飞的秋，世间万物，皆有因缘，所有动物皆有情感，这两条最让人伤感难忘的狗狗，永远活在我心灵深处。

1998 年

狗尾巴草

不知为什么，我总是对路旁一簇一簇的狗尾巴草有着莫名的喜欢。即使在冬天，它们变得枯黄了，也依然给人一种温暖的感觉。

记得在一部电视连续剧中有关于狗尾巴草的一句台词，女主角对她的丈夫说："即使妻子是一朵鲜花，外面的一些女人好比狗尾巴草，可时间长了，对于男人，这鲜花也不如一株狗尾巴草新鲜。"

这部电视剧我还是几年前看的，别的情节忘得差不多了，唯独这句台词我一直没忘。婚后，一次我与爱人走在路上，路旁随处可见一簇簇毛茸茸的狗尾巴草，我情不自禁地弯下腰来折了一株，捏在手里玩，我问他："你讨厌狗尾巴草吗？"

"不讨厌。"

"那你喜欢它们吗？"

"谈不上喜欢，但感觉挺好的。"

"我特别喜欢，尤其是一簇一簇的，轻风一吹，摇曳生姿，像是在跳舞，多可爱呀！"

他微笑着看了看我，又看了看我手中的狗尾巴草说："是挺可爱的。"

之后，我想起电视剧里的这句台词，就让他发表看法。

"男人和男人是不一样的！不是所有的男人都喜新厌旧，你知道吗？不然，哪里会有真情，又哪里会有那么多幸福的婚姻呢？"他又笑着说。

"嗯！"我微笑着点了点头，"其实，鲜花也好，狗尾巴草也罢，各有各的优点，看似高贵的鲜花经不住风吹雨打，看似卑微的狗尾巴草却生命力顽强。鲜花有鲜花的动人之处，狗尾巴草有狗尾巴草的可爱之处，我都喜欢。"我把玩着手里的狗尾巴草，动情地说。

他笑望着我，不说话，我时常在一点儿也不浪漫的他面前，随心所欲地说些似乎毫无实际意义的话题，可他从来没表示出一丝一毫的反感，这更让我在他面前没有一点儿拘束。他不爱好文学，而我爱好文学，但自我感觉一点儿文学上的成就也没有，可他一如既往地支持我，让我一直很感动。

我对他说："你笑什么？我还想写一篇关于狗尾巴草的文章呢！"

"那好啊！能写就写吧！你这样喜欢狗尾巴草，应该有

东西可写。"他亲切地拍了拍我的肩，牵着我的手，继续前
行。

2003 年

北京的春天

千年古都北京，世界瞩目，底蕴深厚，它的美别具一格。

北京的春天来得较早，三月初，春寒料峭之中，春暖渐渐袭来，晴朗的日子，阳光透过明亮的玻璃窗，映照在室内的一角，暖暖的感觉悄然袭上心头。

窗台上，蝴蝶兰花早已在不经意间盛开，无比灿烂，紫粉紫粉的，春意无限，家里倍添温馨。

北京的春天很少刮风，大多都是朗空淡云阳光明媚的日子，没有一丝风。悠然地站在阳光下，或徜徉在街头巷尾，或在城区内微波荡漾的护城河畔或各大公园湖里，时而就能看到野鸭禽鸟戏水出没。

沐浴着春寒未尽时温暖的阳光，身心暖洋洋的舒畅。

三月中旬，枯草渐渐发芽，垂柳微微泛绿，花朵含苞待放，尽显春的柔美。北京城内树木繁多，一夜间，街头低矮的桃树、高大的杏树、清雅的玉兰树……被施了魔法一般，灿然盛放，放眼望去，白如雪、粉胜霞、红似火，五彩缤纷，香飘四溢。

此时，却看不到一点儿绿叶的痕迹，它们总是不急不躁，慢条斯理，渐渐舒展开来。它们知道自己永远争不过鲜花的娇贵绚丽、芬芳多姿，它们也知道美丽至极的鲜花经不住风吹雨打，生命是短暂的，再美的鲜花如果没有绿叶的衬托也是一道有缺憾的风景。而且真正能结出好果实的亦寥寥无几。因此，绿叶更加自信，待鲜花落尽之时，它们再慢慢展露自己醉人的绿色身姿。它们喜欢静静地享受更长久的生命过程！

世间万物，先是有生命或是形体，之后才会有美与不美、好与不好之说。春天是万物复苏的季节，三月下旬，转眼之间，北京的大街小巷繁花似锦，绿叶亦渐渐舒展开来，此时，若站在街头林立的高楼大厦之间，就会感受到现代大都市的勃勃生机；若站在古老的大街小巷，入目的便是青砖红墙，又有一种穿越古代都市之妙感；若站在某个公园的一角，眺望碧波荡漾的湖水，自会有一种心旷神怡、神清气爽之柔情；若站在长城之上，更会有一种春回大地、荡气回肠之悠哉！

借此回味欣赏一下朱熹描写春的美好诗词，恰如北京的春日：

胜日寻芳泗水滨，无边光景一时新。

等闲识得东风面，万紫千红总是春。

夜幕降临，北京的大街小巷，华灯初上，五彩斑斓，绚丽缤纷，精彩至极。万家灯火，如星星点灯，在深邃的黑夜里温馨备至。漫步在街头，柔风拂面，温暖的心啊，犹如这北京的春天！

2014 年 3 月 22 日夜于北京家中

北戴河

十几年前，我和先生在北京登记结婚，时值百花盛开的五月。登记的日子就是我俩正式结婚成为夫妻的日子。没有举行任何仪式，没有钱也没有时间，更没有婚纱和戒指，甚至没有亲友知道。当时没有手机，不方便及时和家人联系，但是我俩却感觉特别幸福和甜蜜。

结婚当晚，我俩就住在他们领导给安排的营部楼上的招待所里。招待所的房间没有任何装饰，那就是我俩临时几日的新家。从此，我俩就庄严地成为夫妻了，成了灵魂伴侣，成为相依为命的一家人了。这可能就是传说中真正的"裸婚"吧。

婚后仅仅三天，我俩就分开了。他离开北京去北戴河执行任务，我回解放军二五二医院继续进修。我俩各自又回到"单身"的状态。之后直到国庆节放假，新婚后分离近半年时间，我们才在北戴河第一次团聚。所以我对北戴河的记忆远比北京要难忘得多，况且那又是我人生第一次北戴河之旅。

　　当过兵的人都知道，越是节假日，部队越紧张，都是"战备"状态。到了那里，我想让他抽出一个小时陪我看看大海，陪我到街上买点儿生活必需品，可是，他说不可能，他是连队主官，国庆期间不能离开部队半步。好在我嫁他之前已做好了充分准备，作为普通百姓，也作为"军嫂"，我要支持我们祖国的国防事业，更要支持他的工作，不能给他拖后腿。我一直认为，真爱一个人就是要时刻为对方着想，更多地去理解对方，而不是站在自身的角度口口声声说爱对方，反而让对方为难。更何况军人这种特殊的保家卫国的职业已经很辛苦了，尤其是基层官兵，我必须理解他。

　　他不能陪我去看海，可我看海的心情非常迫切，大海距离他们营部只需三五分钟的路，近在咫尺，这之前我还没有踩过沙滩，只是走马观花地看过青岛的大海。

　　于是，他和我商量："这样吧，找个战士陪你去吧，你初次来北戴河，人生地不熟，安全为重，现在海边几乎没什么人了，商店在东边，离营院有些远，你也不好找。"我点点头算是同意了他的建议，之后他把战士小于叫过来说："把你嫂子看好，在海边拍两张照片就去买东西，速去速回，一切以安全为重，午饭前务必回来。"

　　"是，连长。"战士干脆地回答，礼毕，我俩就离开了连队，向营部外走去，我心里觉得好笑，觉得他们搞警卫的真是敏感，草木皆兵。那个可爱的小战士，跟影子似的陪在我身边，毕竟初次见面，让我多少有些尴尬，和他聊天就像和机器人沟通一样机械，我心想："我的天啊，什么样的领导带出什么样的兵，死心眼儿的连长带出这样死心眼儿的战士，要命啊！"

三五分钟的时间，我们就来到了北戴河海滨大道，大海就在大道的边缘。这一天，天气晴朗，北戴河的大海第一眼望去泛着微白色，并不蔚蓝，明媚的阳光下，波光粼粼，微微有点点波浪，放眼望去水天一色，天水相连，白茫茫的感觉。真是"秋水共长天一色"啊。北戴河就这样温柔地展现在我的眼前，我兴奋地跨过海滨大道来到沙滩上，软软的沙滩，暖暖的感觉，海浪温柔地亲吻着沙滩，没有惊涛骇浪，没有乱石穿空，这里的大海远没有我想象的那样蔚蓝、那样壮阔，真像是一条无边无际的温暖的河！远处海水渐蓝，有一两条船在缓缓地航行，我忽然觉得面朝大海的自己是多么渺小啊！

我与小战士看了海，拍了几张照片，去北戴河东面的商店买了东西，就匆匆返回来吃午饭。

我是双向型性格，给人感觉活泼开朗，实际我的内心也向往安静生活。我喜欢灵魂和身体的双重自由。我认为旅游是完全放松身心、随心所欲地玩，这样才叫痛快、自由自在。在旅游过程中不要有任何人来催促、来干涉，这才是最开心、最完美的旅游。所以这第一次看海，我总觉得意犹未尽。

在部队这几天，我喜欢睡懒觉，早上醒来先生早就不见了踪影，除了吃饭睡觉，其余时间我基本见不到他。我每天在宿舍里看书、看电视、睡觉。那是一个晴朗的日子，下午睡醒之后，我忽然有想出去看海的冲动。我来到营院门口，与站岗的哨兵打声招呼就从营院溜了出来。于是，我犹如放飞的小鸟，体会着天高任鸟飞的感觉。我像是一个兴高采烈的小女孩一样面向辽阔无垠的大海，静静地坐在沙滩上，沐浴着深秋温暖的阳光，任柔柔的海风轻拂着我的秀发，一个人享受着海的浪漫与柔情。海浪渐渐大了起来，层层涤荡着沙滩，帆影渐远，鸥鸟翔集，属于我一个人的世界多么自由美好啊！玩累了就坐下，坐累了就躺在沙滩上，仰望着云儿与风儿在蓝天的怀抱里相惜相依，听着海浪宁静的呼吸，我的心里充满无尽的惬意，尽情地倾听着海的声音，思绪进入了无尽的天马行空般的遐想。我的灵魂似乎离开了我的躯体，全身心的放松竟是如此的美妙。

不经意地望一眼斜阳，天色已晚，我赶紧起身，向部队营院走回来。真是"乐极生悲",这话一点儿不假,快到营院大门口时,远远见到战士小于神色焦急地跑过来,给我敬个军礼说道:"嫂子,你可回来了,吃饭时间到了,连长找不到你很着急。"

"是嘛,那咱俩快点儿走吧。"于是我和小于加快步伐来到连队院里。

果然,先生一脸的气急败坏站在那里,吓得我不敢向前迈步,从恋爱到结婚,我还是第一次见他生气,而且好像特别生气。战士知趣地离开了。见他气成那模样,我不知说什么好,理亏呀,我原不知道我竟是怕他的。最后,还是我一时机灵,打破了即将"银瓶乍破水浆迸"的局面。我怯怯地说:"你能不能别用这种眼神看着我,太吓人了。"

"你还知道吓人?啊(升调)?自己竟然偷跑出去,有多危险你知道吗?这都吃饭时间了,还不见你人回来,能不急吗?去哪啦?"他声色俱厉,铁青着脸质问我。

"我哪都没去,就坐在沙滩上看大海了。"

"看两个多小时?"

"是的。"

"你知道那海边有多危险吗?那里发生过强奸案你知道吗?这个季节海边几乎没什么人,发生特殊情况都没人救你。

你可急死我了，你知道吗？"

"哪有那么巧，就遇上坏人啦！大惊小怪的！"我眼睛望着地面，不敢直视他的眼睛，底气不足小声地说道。

"你不承认错误，你还嘴硬，啊（升调）？无组织、无纪律，你今天必须意识到你的错误，以后坚决不允许再犯类似的错误。以后不经我的允许不许踏出营院半步。"他态度强硬，"意识到了错误没有？"

"是的，我意识到我错了，以后绝不再犯这样的错误。"我连忙承认了错误。

"走吧，已经开饭了，你再不回来，我就崩溃了。"他见我态度诚恳，语气终于柔和下来，脸色也缓和了不少。

于是，我默默地跟在他身后去食堂吃饭。

接下来的几天里我再也不能踏出营院半步，可是那近在咫尺的大海呀，印着我凌乱的脚印的软软的沙滩啊，对于每天清闲又孤单、探亲时间又有限的我，总是有着一种强大的吸引力。

他们连队后院食堂与山紧密相连，一日中午，趁他和官兵们都午睡的时刻，我便悄悄起床来到食堂后面，这里有一个三五米左右短小的杂草丛生的斜坡可以爬上去，上面是小松林，这个小松林里多是大块的岩石，常年被风雨洗蚀、阳光照耀，显得光滑洁净。深秋的阳光明媚而温暖，中午，岩石已被晒得暖暖的，坐卧在上面舒服极了，岩石缝隙里长满了花花草草，松林深处草色渐深。坐在岩石上，可以远远地遥望到水天相连的大海，还可看见海上漂浮的船儿，在山上的小松林里观海又别有一番情致，诗一样的画面油然而生：

我独坐在温暖的山石上

沐浴着秋季里明媚的阳光

眺望着波光闪闪的大海

海天相连

千舟荡泛

赏天的蓝

享云卷云舒

大自然的曼妙

听风儿与鸟儿歌唱

听欢快的蝉鸣

听虫儿的窃窃私语

听松涛阵阵

沙沙作响

似海浪与风缠绵纯美的相拥

脑海里充满了绮丽的遐想

……

估计中午起床的时间到了，我悄悄地回到宿舍，他还在熟睡，我窃喜着一个人悄悄去爬山观海的快乐，轻轻爬上床，小心翼翼地拿起书静静品读。发现了去那小山坡独享大自然的曼妙之后，趁他不在或午睡时我就时常去那里远远地看海，畅享心灵的自由。当时，我是不敢和他说的，他的职业和他对我的爱之深，让他草木皆兵，时刻在意我的安全。再后来，我和他说我在北戴河每天中午去小山上独坐看大海，他果然既惊恐又后怕，说我太单纯，他说我坐在那里更不安全，中午所有官兵都午睡，除了哨兵在值勤，其余的地方都阒静无声，我坐的地方看似是小山，实际那是一座大山的一角边缘而已，可能会出现豺狼虎豹，也有巡山人等……

第一次北戴河之旅，十天的时间匆匆而过，我再不曾自己跨出营院半步，直到离开那里的前一天晚上，他战备结束，才陪我出来与他的几个朋友一起吃顿饭，宣告他已结婚了，其中有一个朋友的朋友，来得稍晚一点儿，我正坐在桌旁喝茶，他对我微笑了一下，认真地问我先生："这是你女儿？"

"不，她是我夫人。"先生微笑着回答他的朋友，其实我与先生年龄相仿，可见基层官兵的辛苦，把一个地道的南方小伙儿活生生锤炼成了粗犷的北方大汉。

这就是我初到北戴河难忘又美好的记忆片段。

又是一个结婚纪念日，写此文章，作为礼物，送给先生作为纪念吧，同时感恩他对我一如既往的爱。

2016 年 5 月 28 日于北京家中

第二辑　生命之花

生命皆可贵

　　一日，我在公主坟南站等候公交车，身后传来低沉、模糊、沧桑又略带沙哑的声音，反复重复着一句话，其实就三个字：一块啦！一块啦！一块啦！……

　　我情不自禁地向身后望去，一名中年男子，轻微嘴斜眼歪的样子，黑得发乌的皮肤，偏瘦，身高和我不相上下，约一米六多点儿，身着劣质的迷彩服背心，一条灰色的长裤，裤脚明显破损，脚上穿着一双黄胶鞋。他慢慢向前挪动着步子，每迈一步看上去都很艰难，两条腿像是不太灵活，他的身上还背着两个破旧的蓝布包，一个包里装着几十份北京地图，一个包里参差不齐地装着捡来的空塑料矿泉水瓶。他一只手里拿着一份折叠的北京地图，目光中带着憧憬，也带着沧桑，略有一点儿呆滞，他在我的身后不停地叫卖着，我情不自禁地从包里找出一元钱递给他，他像是微笑着看了我一眼，那种微笑是浅浅的、淡淡的。他很费力地接过我的钱。我才发现他的手指也不灵活，同时他也把手里的一张地图给了我。之后，他把钱很费力地放到布包里，又很费力地从包里拽出另一份北京地图，接着叫卖，我不忍心再多看他一眼，转过身来继续等我的公交车。

同样是人，他的生活如此艰难，可他却坚强地活着，用自己的劳动诠释生命的价值。我们每一个健康人还有何理由慨叹生活艰难，还有何理由抱怨命运不幸？同样是生命，即使他残疾，即使他贫困，我却从心里敬佩他，因为他的生命之花开得很灿烂。

这时，我旁边有两个朝气蓬勃的大男孩，他们也用同情的目光看着这个卖地图的男子，其中一个男孩随手掏出一元钱递给这位男子，男子用同样费力的动作又卖了一份北京地图。男孩接过地图，几乎用一两秒钟的时间打开地图又迅速折叠起来，我能够感觉到他是一个善良的男孩，他似乎和我一样，是带着同情和敬佩的心理买了这份北京地图。

过了一会儿，我等待的977路公交车来了，我上车的时候，熙熙攘攘的人群中买他地图的人还是寥寥无几，但是他的叫卖声一刻也没有停过，声声入耳。直到车门关闭，他那沙哑、低沉、沧桑的叫卖声"一块啦，一块啦"似乎还一直回响在我的耳畔，这声音提醒着我，要珍惜自己的幸福生活。

2011年夏天

产　房

在医院里，唯一给人以喜悦的地方算是产房了。从我作为一名医生第一次走进产房开始，我一直对产房有着很深的感怀，一种复杂的心情一直缠绕着我。

对于多数人来讲，产房是个很神秘的地方。在我看来，它是一个在平凡中孕育着伟大的地方。抛开我们医生的神圣职责，女人做母亲的伟大之处，在产房可以淋漓尽致地体现出来。也就是那几十平米的空间，诞生了延续人类历史的一个个新生命。

因为有了美丽的爱情，女人们才有了做母亲的信念。为了人间最美好的真爱，为了做一名可敬的母亲，女人往往要付出沉痛的代价，青春的早逝、肉体上的痛苦，从母亲的女儿转变成女儿的母亲，这个转折点是在产房里完成的。

产房里每一个新生命诞生之前，都要伴随着医生紧绷的神经和产妇痛苦的呻吟。她们扭曲的脸孔、散乱的头发以及放声的哭喊已完全抹去了她们昔日的端庄、美丽，在痛苦至极之后，在她们的汗水、泪水、血水交织之时，可爱至极的宝宝才安然出世。

如果每一个产妇在分娩时，能有丈夫在身边握着她们的手或给她们擦一擦脸上的汗水，那么这份爱也一定会让她们增加分娩的信心与力量，减少疼痛。这个世界上爱的力量是最大的，同时做丈夫的也能感受到妻子的艰辛，一定会增进夫妻之间的感情。我想，每一位深爱自己妻子的男人，绝不会望着妻子而无动于衷吧！

对于我们妇产科医生来说，最快乐的事情就是产妇能顺利地分娩出一个健康可爱的婴儿。在每一个可爱的宝宝的脐带结扎后，医生们才会放心地露出灿烂的笑容。此时，婴儿的母亲也会在精疲力竭时露出欣喜的微笑。当新生儿响亮的啼哭声划破室内寂静的空气时，是产房里每一个人最幸福的时刻。

1997 年

收垃圾的老人

"看，收垃圾的老人又来了。"母亲大声对我说。她站在窗前向楼下望。于是，我放下手中的书，来到窗前，那老人站在垃圾筒边，正认真地弯着腰清理着垃圾，把他认为依然有用的塑料、纸箱之类的垃圾分类，整齐地摆放到垃圾车的前面。

他依旧穿着那套很旧却很整洁的蓝布衣裳。神情自然，中等身材，清瘦的面庞爬满了皱纹，肤色黝黑，背稍稍有点儿驼。

不一会儿，我看见他又捡到两个橘子，他把其中一个用他戴的那副脏手套擦了擦，装到上衣口袋里，把另一个也擦了擦，剥开皮吃了几瓣橘子肉，把剩余不能吃的几瓣连同橘子皮扔到垃圾车上。

"妈，难道他不怕脏？"

"习惯了，他整天干的就是这脏活！"母亲一直望着这老人，"听说他们家生活条件并不差。"母亲又自言自语地说，

"这大院里几十个单元，每个单元都有一个垃圾筒，他每天都要清理，你看他从来都是那么认真，把每个垃圾筒都打扫得干干净净。这么多年了，一直这样。"

这时，我才注意到旁边的那个垃圾筒，确实特别干净整洁，原来大院里的垃圾都由这个老人来清理。我不禁对他另眼相看了。那一刻，这个收垃圾的老人，让我重新认识到生命的价值，也重新认识了自己。

1997 年

唐阿姨

　　唐阿姨是一位普通的老人。她是母亲的好朋友，今年刚刚退休，曾是一名小学教师。她相貌平平，中等身材，圆而白胖的脸，细小的眼睛，看上去特别慈祥。

　　唐阿姨有一个令人羡慕的幸福之家，丈夫是一名军人，两个女儿已参加工作，小儿子大学毕业后赴美留学了。

　　我一向比较喜欢与老人和孩子交谈，我觉得只有老年人才有资格谈成熟，只有孩子最天真。与老年人交谈可以使我懂得很多书本上学不到的道理，而与孩子交谈，可以使我日渐成熟的心灵保留着人类孩童时代的那一份真纯。所以说唐阿姨给予我的影响比我在书本上得到的东西更珍贵。

　　一次与唐阿姨交谈，偶然提起她的丈夫，我禁不住问道："阿姨，这么多年来，黄伯伯大多数的日子都是在军事基地上度过的，现在也是，您还是像从前那样想他吗？"我知道黄伯伯是部队里的高级工程师。

　　"想是想，可是已习惯了，嗨，年龄大了，哪还像你们年轻人那么浪漫，只要平平安安就知足了。"

多么简单的愿望啊！望着唐阿姨的表情，我不禁有些自责，不应该那么鲁莽地问她，增加她心底里那份思念的重担，但转念一想，即使我不问她，她心底里也定是在时时刻刻想念着黄伯伯的。我想，人越是到了老年，感情越显得珍贵与强烈吧！因为在生命的最后一个季节，唯一长青的，除了弥足珍贵的夫妻之情，还能有什么呢？

唐阿姨说："人啊！不过是活一口气，这口气要是没了，人也就死了，还争什么夺什么呢？得饶人处且饶人！好好地健康地活着也就是福了。这人在地球上，就像是一群密密麻麻的蚂蚁，说不定哪一天有个天灾人祸的就死了，想起来忙忙碌碌这一生，很短暂，也不容易，即使平平安安活到老，也难免一死，所以想开了就没有那么多烦恼了，心胸也开阔了。"

"想来确实如此，人只要心胸宽广一点儿，烦恼自然会少很多。我感觉您就是一个快乐的老人。"我赞成地说。

"我也没什么烦恼，整天忙完了家务，依然有很多事情要做，除了每天早晚到公园散步、锻炼身体之外，时常到老年俱乐部跳跳舞，闲散的时候找你母亲她们几个老朋友玩玩牌、聊聊天，其余的时间看看电视，抽空还要帮女儿带带孩子。"

我很欣赏唐阿姨对人生的态度，乐观向上、宽容大度，万事不执著，又懂得珍惜。她喜欢看中央台播放的老年人节目《夕阳红》。一天，她问我是怎样做鲤鱼的，我说了自己独创的两种做法，一种是清蒸的，一种是过油的，她却说她以前也是按照自己的方法做的，不过这段日子通过看《夕阳红》节目学了不少烧菜的方法，其中就有做鲤鱼的正确方法。她耐心地告诉我做法，还说她从电视里学着画鸡呀、鱼呀之类的小动物，感觉很有情趣。她的话让我莫名感动，心生敬意。

这就是唐阿姨，一个让人喜爱的、尊敬的、普通又慈祥的老人。

1998 年

冰　冰

　　堂妹的女儿，小名冰冰，现年二十二周岁，因癌症于今年五月三十一日去世，闻此噩耗我很悲痛。

　　冰冰从小生活在农村，活泼可爱，勤劳善良。她已婚，婚姻很幸福，生育一女。开始，冰冰在右上臂皮肤下忽然发现一肿物，约两厘米左右，到吉林省一家医院确诊是肿瘤，做了很长一段时间的放疗，结果看似好了，全家都很高兴。可是一阵农忙过后，又肿起来了，这次医生说最好截肢，她丈夫也同意。为了此生不留遗憾，他带着冰冰来北京找到我。我和先生尽最大努力通过朋友找了北京最好的两位专家给她会诊，也建议最佳治疗方案是尽快截肢，她本人和丈夫都同意，可农村家里的长辈不能接受这个事实，就让两个孩子回家再商议。商议了两个月，眼见着冰冰的胳膊肿得越来越明显，家里的长辈才同意截肢。可是手术却错过了最佳时期。两个孩子又返回北京做手术。手术做了近四个小时，很成功。

　　术后住院两周，恢复也很好，回到农村家里后，农忙时

50

冰冰依然能用左手洗衣做饭。听说她挺好的，我悬着的心总算放下了。

可是，截肢后不到一年，她还是发生了骨转移。也许命中注定，也许天意难违，我只能这样安慰我自己。

冰冰在北京住院前后那几日都住在我家，虽然第一次和她见面，但亲情和同情让我对她没有一点儿陌生感，加之她的活泼可爱，让我更加喜欢她并终生难忘，手术前后她都是那样乐观。术前她和我聊天，我想安慰她一下，就问她怕不怕，她微笑着说，不怕，因为怕也没用。术后止疼针的药效过后，她强忍疼痛，微笑着告诉我不是很疼，我为她的坚强、懂事感动不已。因为她总是把她最好的一面展现给别人，把痛苦放到心底。

听她的丈夫说，她临终前卧床一个月，每天以吗啡片止痛，从未叫喊过一声。临终前，冰冰要吃止疼药，药含到嘴里，还没咽下，一口气没上来，就走了。

这样一朵鲜活的生命之花，瞬间就在我眼前凋谢了，我不知怎样表达我的痛苦，情不自禁地和九岁的儿子诉说："你记得来看病截肢的那个姐姐吗？"

"记得啊，妈妈，她还好吗？"

"她死了！"

"妈妈，你说的不是真的吧？你不是跟我开玩笑吧？"孩子疑惑的表情。

"宝贝，什么玩笑都可以开，生死的玩笑可坚决不能开，她真的死了。"我一本正经地说。

"妈妈，她真的死了吗？"儿子惊异的神情，还是半信半疑。

"真的，儿子！妈妈很痛苦。"我一边洗碗一边扭头看着儿子的表情。

"她好可怜啊。"儿子也情不自禁地露出痛苦的表情，之后随口又说道："妈妈，你不觉得人的生命是最重要的吗？"

"妈妈也觉得生命最重要。"我叹了口气。

"你说，她的命都没了，再好的生活对她也毫无意义了。我的意思是说，人，健康安全第一，品德第二，学习第三。"儿子特认真的表情。

"你说得对，但是你也别为自己不好好学习找借口。"我连忙对他说。

"我不是找借口，命都没了，还学啥呀？"

"妈妈的意思是，在生命还健康的情况下，品德好、学习好，对自己、对社会都有好处，可以提升你生命的价值，有付出才有收获呀！"

"妈妈，我会好好学习的。"儿子说完，转身离开了厨房。

我边洗碗边琢磨儿子的话，他虽然才九岁，说的话却不无道理。他的话也让我重新思考生命的意义。原本，我对孩子的学习成绩要求得就不是很高，也几乎不给他报什么学习班，先保证孩子的身心健康最重要。身心健康的生活才有一定的质量，不是所有的孩子都能承受父母或外界施加的压力。先生昨晚应酬回来，跟我说了饭桌上一个朋友的困惑，原因让人不可思议。这个朋友为女儿考试总是第一而忧愁，又不好对女儿说什么。女儿现在读小学，考试从来没有第二，自然而然有一种优越感。朋友担心的是一个人不可能从小学到大学永远考第一，她担心女儿的自尊心强，习惯了考第一，一旦考不上第一，她就会有强烈的受挫感，将来恐怕影响身心健康。

这个朋友之所以为此烦恼担忧是因为他身边就有一个真实的例子。他朋友的孩子从小学到初中从来都是考第一，后来渐渐考不上第一了，结果自己受不了，周围同学们有意无意开的玩笑更让这孩子的自尊心承受不了，于是变得抑郁起来。孩子父母又没有及时给予心理疏导，最后导致孩子的精神不正常而住院治疗。类似这样的事情，大家在生活中都有所耳闻。

　　生命本就短暂，在有限的生命中，生命之花其实很脆弱，要让这朵花在阳光下自然健康地开放，而不是拔苗助长。这对于每一个现代社会的家长，对于知识爆炸的时代，其实也是一个值得深思的难题。身体和心灵都健康才是幸福的前提。

　　所有的理想都是美好的，然而现实生活呢，有时候就是残酷无常的。我们只能正视，必须接受现实，别无选择，无法逃避。

　　端午节将至，为了纪念冰冰，为了我和她的不解之缘，特此写了这篇文字，祝她的灵魂在另一个不为人知的世界里安好！

2013 年 6 月 8 日

乞 丐

我们出门在外，时常能碰到乞丐。对于乞丐，一部分人给予同情，一部分人则嗤之以鼻，一部分人视而不见，一部分人就认为他们是骗子而置之不理。

近年来，随着各种新闻媒体的曝光，确实揭露了很多以乞讨为手段，却过着相对富足生活的人，这一点毋庸质疑。他们的骗术可谓五花八门，有的人把自己装扮成残疾人，还有一些以钱包丢失为由乞求回家的路费等。但是我认为，只要是乞丐就有让人同情的地方，因为同样是人，他们却放弃了做人的尊严，过着低三下四乞讨的生活。

最让我同情的还是沿街乞讨的年迈老人，每次碰到，我都会力所能及地给他们一点零钱或食物，因为在生命的最后一个季节，他们还在严寒酷暑中风餐露宿、沿街乞讨，还要看着陌生人的脸色，让人不得不同情。我们每一个人都有父母，只要我们还能生活下去，每一个正常人都不会愿意让自己年迈的双亲过着乞讨的生活。即使某个乞讨的老人是一个以乞讨为生的富有者，那么，我想这也是他赖以生存的职业呀！我们生活中有多少人愿意从事这种职业呢？谁又能真正体会到他那颗饱经沧桑的心呢？

在烈日炎炎的夏日，在寒风刺骨的冬天，看到那些眼神黯淡、皱纹满面、衣衫褴褛的乞讨老人，我的心总不是个滋味，一种淡淡的酸楚随之涌上心头，毕竟大家同样是人啊！

我每天上下班的时候，都要走过一座人流量较大的立交桥，时常有乞讨的老人坐在那里。一次当我把钱给了乞丐之后，好友笑着对我说："这世界上乞讨的人太多了，即使在很富有发达的国家，街上也一样有乞讨的人，你同情不过来的。况且你自己并不富有，而你给他们的那点儿钱，也解决不了什么大问题！"

我知道，自己本就是一个穷人，每个月就那点儿固定工资，更知自己还没有高尚到把生活费都给乞丐的地步。我对朋友说："没办法，我的缺点之一就是心太软，碰不到的乞丐也就无所谓了，碰到的并伸手向我乞讨的人，与我还是有那么一点儿缘份，给他们点儿零钱，并不妨碍我正常的生活，其实我只是力所能及给他们一点儿自尊和希望罢了。"

我想，在不影响自己正常生活的情况下，少喝一杯咖啡或少吃一个冰淇淋，就能帮助两个乞丐。我从来不去辨别各种各样的乞丐是真的还是假的，我也基本不怀疑向我伸手要钱的乞丐。外表无残疾的小伙我会慎重，其他只要伸手向我要钱的人，或者是我遇到沿街乞讨的人，我都默认他们就是真正的乞丐。因为只有乞丐才会伸手向人要钱。我知道自己的善心是真的就够了。

虽然自知施舍给他们的那一点儿钱微不足道，但是我相信还有很多更善良的人比我有同情心，我相信大家善意的一点儿施舍，聚少成多，也会给乞丐一点儿自尊、一份快乐、一线希望，因为快乐与希望是我们每一个人活下去的信心，更是他们活下去的勇气！

1997 年

牵　挂

闲暇时，我和母亲谈起她那次住院的情景，自然而然地也就提起当时相关的人和事。其中最令我难忘而又牵挂的还是那位给我行过军礼的老人。

母亲住院期间，我认识了母亲的许多病友，其中就有母亲病房斜对过的一位老人。

听母亲说，这位老人已住院几个月了。他曾经在部队当过大官，在战争中受过许多伤，转业后在市政府当了领导。现在是离休老干部，国家每月给他很多生活费。

在我的印象中，他六七十岁，身材本就矮小，佝偻着身子显得更加矮小。整个疗区，他病情最重，孤身一人，老伴几年前就去世了。他有一个儿子，据说在北京工作，老人住院期间，他的儿子因工作忙，只看望过老人几次。

天气好的时候，大家都出去晒太阳，可这位老人却几乎没有出去过。在母亲出院前几天，我有幸见到了这位曾经辉煌过的老人。

　　这位老人在病重期间，医院介绍了一个护理工，是一个来自农村的老汉。在老人康复一些能自理后，他便把护理工给辞退了。那位护理工我也见过，他曾经到母亲的病房里看望母亲，和母亲聊天。从护理工的话里，母亲多少知道了一些关于老人的事。

　　在母亲将要出院的前几天，我竟接受了老人给我行的一个军礼。对于老人敬军礼相谢，我有些不安，也让我难以忘怀。

　　记得老人把护理工辞退的第二天清晨，我饭前去水房打开水，走到老人门前时，不自觉地停下了脚步，打开水的地方离疗区有步行三四分钟的路，如果让老人自己去，那至少也得半个小时左右。我想起他昨天打饭的情景，于是轻轻推了一下门，见老人正坐在床上，我走到床边，声音稍大一些对他说："大爷，我给您打壶水吧！"他微笑着连声对我说："谢谢！"说着竟举起手臂，一本正经地给我行了个军礼。看着他还没有我高的身材，我心里酸酸的，抑制着自己不要激动，忙微笑着对他说："大爷，不用谢！等我晚上再来帮你拎。"我说着退出了他的房间。在我退出房间的时候，他还大声地说着："谢谢！"

　　回到母亲病房里，我说了给老人拎水的事，母亲说："你平日里嫌这脏，嫌那脏的，今天怎么不嫌他脏了呢？”

“我也不知道，只觉得他太可怜了，应该帮助他。”我若无其事地对母亲说道。

就这样，连续给老人打了两天水，老人的气色看起来也好多了。在母亲出院的前一天，老人的儿子来看他，看到我，老人忙指着我对他的儿子说道：“就是这个女孩子，这几天帮我打水。”他说着，脸上露出了灿烂的笑容。

“太谢谢你了，听我爸爸说你天天帮他打水，真是太谢谢了！”老人的儿子真诚地感谢着我。

“不用谢，我这几天只是顺便给他打两壶水，没什么。”我说着打量了老人的儿子一眼，他中等身材，看起来像是有修养的文化人，不知为什么面对他诚挚的谢意，我心里却产生了一种莫名的尴尬。

母亲出院那天，因时间匆忙，我没有向老人告别，心里却总是牵挂着他。但愿他早日康复出院，但愿他的儿子能够把老人早日接回家中。

1999 年

生　命

这两天在电视新闻里看到湖南、湖北及东北部分地区发生百年不遇的洪涝灾害。尽管从中央到地方，全国军民共同奋战抗洪，但无情的洪水，还是夺去了许多无辜的生命。望着电视里播放的，无情的洪水吞没村庄，乡亲们安然无恙地站在坝堤上，感谢着解放军，同时又无可奈何地望着渐渐被洪水吞噬的美好家园，这时我泪如泉涌，浑身热血澎湃。而看到那些奋不顾身，浑身沾着泥垢，皮肤被擦伤的战士们更让我有说不出的感动，在战争年代，他们是最可爱的人，在和平年代，他们更是值得爱戴的人。

某军某部队的一位年轻的指导员为抢救老百姓及几名战士，最终牺牲了。看到这条新闻，我流泪了。当我看到中央电视台的一位女主持人抱着一个从洪水中抢救出来的儿童时，我流泪了。女主持人动情地说，这个孩子是我们的解放军战士从洪水中的树上抢救出来的。这个孩子的妈妈被洪水冲走了，奶奶也被冲走了，奶奶被冲走之前用力把他举到树上千叮咛万嘱咐："孩子，千万不要在树上睡觉，千万用手抓牢。一定要等着帽子上有五角星的人来救你。"说完奶奶就被洪水吞没了。孩子牢牢记住奶奶的话，用小手紧紧地抓着树枝，经过九个小时的煎熬，终于等来了帽子上有五角星的解放军叔叔。他们在洪水中救下了这个可怜又勇敢的孩子。女主持人说到最后，早已泪流满面了。此时我的心无比激动，再看那个可怜的孩子，他的一双大眼睛里充满了孤单与恐惧，愣愣地望着女主持人，愣愣地望着镜头，怯怯地说了声"谢谢"。也许在他幼小的心灵里，此时才认识到了生命的可贵。

　　这就是生命？我不禁在心里问自己。无论是那个令人敬佩的以身殉职的指导员，还是这个孩子的母亲和奶奶，他们不久以前还无忧无虑地和自己的家人围坐在桌旁共进晚餐，在各自生活的轨道上，幸福地憧憬着那美好的未来。然而他们做梦也没有想到，竟会遇到这样的天灾。

　　想来人的生命竟是如此的脆弱。我忽然想起前些日子，听同学说，初中时同届的三个女同学，都不幸离世了，两个是因为车祸，一个是因为白血病。其中出车祸的同学已经是孩子的母亲了。我听后十分悲伤，因为他们都正值青春年少！

　　我不禁对生命产生了畏惧，天灾人祸随时可能结束每一个人的生命，而对于那些不知珍惜生命，或者因名利而奔波，为钱财而困惑，为小事而争吵的人，他们可曾意识到生命的脆弱及沉重？包括我在内。又何曾好好珍爱过自己现在所拥有的一切？身边的一草一木，温暖的阳光，纯净的白云，湛蓝的天空，幸福的家庭……一切的一切，这些都随同生命的存在而变得更有价值。即使我们能平安地活到老，那么这一切也都是我们活着的这一段人生所暂时拥有的呀！这一切又能说是我们自己的吗？

在洪水滚滚而来的时候，当大地震发生的瞬间，人们唯一的愿望就是求生。我想，那时没有什么人会抱着他的存折、他的珍宝去逃生，因为任何物质上的东西在生命面前都显得那样的苍白。

珍惜自己的生命，珍惜自己那无价的人生，珍惜身边的一切，珍惜生命里的每一天！珍惜人生的每一次邂逅与相逢，珍惜所有的缘份和情感，还要放下所有一切的执着。在浩瀚的生命星空，我们每个人都如同一颗转瞬即逝的流星而已。质本洁来还洁去，如此安好。拥有了最纯净的身心，灵魂就会有个最美好的归宿。

1998 年

63

建筑工人

　　繁华的都市里，景象万千。在诸多的景致当中，最令我感动的，让我深深感恩的，还是那些衣着简朴、高空作业的建筑工人。他们不仅顶着炎炎烈日，还时刻冒着一定的生命危险，进行重体力劳动。每每看到他们，就会让我情不自禁地想起工作在地下深处的煤炭工人，他们也是时刻冒着生命危险，每天工作在不见天日的地方，这两种最普通的人，实在是值得我们感恩的人。有了他们，才有了我们千家万户的温暖。

　　在城市的某个角落里，时常能看到他们团坐在一起吃饭的情形。尤其是看到他们吃着极其简单的饭菜，却那么香甜，我心里总有一种难以言表的情感。时常在街上，看见他们休息时谈笑风生、欢乐开怀的情景，我不止一次地回望他们。

　　记得有一天，我下班后又路过一个建筑工地，看见一些建筑工人，正在路旁的树阴下，聚在一起吃晚饭。其中一个年轻的小伙子，穿着沾满水泥灰土的衣裤，一只手里拿着盛饭用的大搪瓷缸子，嘴里哼着流行歌曲，脸上洋溢着发自内心、无比快乐的神情，迈着欢快而悠闲的步子向工地走去。我忽然发现他一刹那的风度和潇洒，很多穿着讲究的男人都无法与他相媲美。我遗憾自己不是画家，否则，那瞬间的美好我一定会把他捕捉入画。我想，他之所以那样快乐，是因为他乐观向上，生活得充实。他用自己辛勤的劳动换取相应的劳动报酬，既为城市的美丽奉献了自己的力量，又使自己生活得更加美好。

彼时彼地，忽然感觉在和平的年代里，在平凡祥和的生活中，他们这些无名的建筑工人也一样是最可爱的人！因为有了他们，才有了千家万户的温馨与团聚；有了他们，才有了人们安定、美好的生活。每一座富丽堂皇的高楼大厦，每一个舒适温馨的办公环境，每一个温暖洁净的家，都凝聚着他们辛勤的汗水！

生活中还有太多像他们一样平凡而又可爱的人，他们就像蜜蜂一样，默默无闻地用自己辛勤的劳动，酿成甜美的蜂蜜供别人来品尝享用，他们就是人类幸福的使者。

2000 年

微　笑

　　一次，我在保定市韩村路口坐出租车，打算到火车站。上车落座之后，司机忽然说道："你坐过我的车。"他肯定的语气令我特别惊讶。因我还是去年来保定坐过一次出租车，即便我坐过他的出租车，也几乎在车上与司机不多说话，他又怎么那么肯定呢？

　　"什么时候坐过你的车？"我不禁问道。

　　"大约去年冬天吧。"

　　"在什么地方呢？"

　　"好像也是从这里到火车站。"

　　"可是，你怎么记住我了呢？"我觉得自己貌不惊人。

　　"你的微笑很难让人忘记，一种完全发自内心的微笑。"

　　"噢，是吗？"我微笑着说。

　　我确实没有想到自己无意的微笑竟给别人留下那样深刻的印象，可见微笑的意义之大。回首自己近三十年的人生历程，接触过多少脸孔自然是数不清了，倘要我细细搜寻记忆，能够让我牢记的却也不少，而让我心灵震颤的两张笑脸却是两张陌生人的笑脸。

　　清晰记得，十几年前在繁华的长春市火车站的那一幕，现在想来，还心有余悸。当时我与姐姐都是乡下女孩，没去过几次城里，车票买好后，我们来到了站前广场的一家杂食摊前。

　　"想买点儿什么？"一位大眼睛的摊主微笑而又亲切地问我们。她看起来二十几岁，健康的肤色，穿着一件很显女性魅力的黑色连衣裙。

　　"这袋蛋糕多少钱？"我随手把它拿起来看了看。

　　"四块五。"干脆而又甜美的嗓音。

　　这时，我与姐姐发现蛋糕质量不好，已碎了两块，也觉得太贵了，于是我又小心地把它放回原处。

　　"不买了。"我与姐姐几乎异口同声，举步便向前走。

　　"回来！"一声高叫使我和姐姐不寒而栗，"不买了！不买我看看！这蛋糕都让你们给碰碎了，你们不买我卖给谁去？"她一副盛气凌人的样子。

　　"可是——我就轻轻拿起来看了一下，那不是我弄的。"我红着脸，嗫嚅着说，腿有些打颤，因为我还是第一次碰到这样蛮不讲理的女人。

　　"就是你们碰的，还敢抵赖，如果不买就别碰人家的东西。今天这袋蛋糕你买也得买，不买也得买！"她理直气壮、气势汹汹，同时又狠狠加了一句："否则，你们就别指望离开这个地方。"

　　生平第一次体验到女人的泼辣，我的自尊心受辱，委屈得泪眼哽咽。姐姐这时把攥在手里仅有的五元钱展开，用哀求的语气说：

　　"三块钱，行吗？"

　　"不行，我都是四块五卖的，凭什么卖给你们三块，一分都不能少。"

　　透过泪眼，我看到的是副扭曲的脸孔，这脸孔与她开始的笑脸大相径庭，让我刻骨铭心，它使我和姐姐的自尊心平生第一次受到伤害！

　　"给你！"姐姐把四元五角钱给了她，拿起那袋蛋糕，牵着我的手便向候车室走去。

　　"想不买，没那么容易……"后边又传来一句令人刺耳的声音。

　　到了候车室，我和姐姐虽然很饿，可我俩竟然不约而同地把蛋糕扔到了垃圾箱里，谁也不想吃它一口。大有君子不食嗟来之食之志。我俩是饿着坐火车又倒公共汽车才回到家的。人不可以有傲气，但不可无傲骨，从小母亲就这样教育我们。

一个人可以没有最高贵的身份，却可拥有最干净最高贵的灵魂。

现在想来，此事已有些久远了，但那女人由"笑脸"到"怒脸"的变化让我一生记忆犹新，这不禁让我又记起了另一张笑脸。

一天，我去邮局路过街上一个拐角处时，无意中发现那排"随意小吃"铺子旁边站着一位中年妇女，她身材高挑，看起来不像是城里人。当她看见我时，直视着我，抛给我满脸的微笑，笑得很诚恳，以至她的眼睛眯成了一条缝，嘴角上翘，露出洁白的牙齿，令我心情愉快，又有点儿莫名其妙。我忽然感觉与她似曾相识，可是努力翻寻所有的记忆，就是想不起在哪里见过她，但生性也爱笑的我，还是礼貌地回给她一个微笑。就这样，我又几次经过那个地方，只要她看见我，都要向我微笑致意。

一日，我从附近的书屋出来，又从她眼前走过，我不自觉地停下脚步，这时才稍注意一下她在忙什么，只见她正低头在一台简易的机器旁忙着，她似乎从眼角的余光里看见了我。"是你呀！"她平静的表情立即充满笑容地对我说。

"你在忙什么？"我还在绞尽脑汁地回想我们究竟在哪相识过。

"现在鱼市上卖鱼的人太多，冬天又太苦，挣的钱也不多，我最近就弄了台机器，卖爆米花。"

"噢！是这么回事。"我一语双关，同时庆幸她说出卖鱼的事来，我恍然想起从前我可能买过她的鱼。

"你还记得我呀！我已经一年多没有到那鱼市场去买鱼了。"我似乎又有点儿欣喜，在无数的顾客当中，难得她记得我。

"当然记得啦！我还记得当时我多找给你几元钱，你当即微笑着就还给了我。"她笑盈盈地说。

"噢，这点小事我都忘记了。"

"我可没有忘，我卖了两年鱼……"

我忽然觉得很尴尬，在我看来，那实在是一件微不足道的小事，当时把钱如数返还给她是理所当然的事。

两个买爆米花的顾客走后，我问她："卖爆米花效益怎么样？"

"还行，比卖鱼好一些，除了本钱和税钱，挣几百元生活费不成问题。"

"其实，只要付出，总会有收获，我虽然有正式工作，环境比你好，但是没有你们自由。"我真诚地说。

"唉！干什么都不容易，但只要肯吃苦耐劳，就饿不死人，就能挣到钱。"她一边工作一边说。

听了她的话，我默然，敬佩之情油然而生。临别时，她定要送我一袋爆米花，被我婉拒，微笑着说再见。

以后每次再从她那里路过时，我都要情不自禁抬头望一眼她，只要看到我，她定要露出真挚的微笑，我们很少讲话，彼此的微笑就足够了，她的微笑令我一路心情愉快。

回想起她朴实的话语及会心的微笑，我便不再慨叹茫茫人海中人情的淡漠，也不再否定真诚的难寻。

时至今日，回想起这人生的际遇，无论好人、坏人都是"缘"，只能正视，无法逃避。

2003 年

列车上的乡下人

三月初的北京已给人一种暖暖的春意。人们穿着春装在阳光下快乐地徜徉。

我坐了半个多小时的公交车，总算到了北京火车站。晕车的感觉相当难受，我强制自己不要吐出来。当我买了火车票，匆匆进站上车以后，已经浑身瘫软了。

坐好后不久，我才发现相对的六个座位上，只有我是女士，心里很不舒服。不过，我的身旁及对面的几个人看起来都是朴实的农民，心里便放松了许多，也自然了许多。

火车徐徐开动。我身边那个人开始吸烟。我本来就晕车严重，再加上烟味的刺激，马上就要吐了。于是我用手拍打着缭绕在我面前的那些烟雾，同时表情僵硬又抱怨地说："你别抽了，你再抽我就要吐了。"我说着，把围着的纱巾挽起一团捂在嘴上。他转过脸看了我一眼，笑了一下，似乎有点不情愿地把烟弄灭了。

我自知刚才说话的语气有些生硬，正在为此而懊悔时，斜对面靠在车窗边的那个中年人突然对我说:"其实你应该说,同志,你看能不能把烟掐灭了,我闻到烟味就受不了。这样说多好听啊!"

我听了以后,更觉惭愧与尴尬,于是稍稍打量了一下说话人。他脸色黝黑、微胖,脚上一双整洁的黑布鞋,明显农村人的打扮。他可能没有多高的文化程度,但却是那样的朴实、诚恳。这平直的语言打动了我、教育了我,让我惭愧的同时更加意识到语气和表达方式的重要性。

生活中同样的语言由不同的人表达出来就有不同的效果。很多时候,在公共场所难免会遇到人与人之间发生矛盾的场面,我想,矛盾的起因大都是表达不好的结果。

人与人之间的很多矛盾最初都是由不经意的语言引起的。无论是夫妻之间,还是父子之间、婆媳之间、同事之间、朋友之间、上下级之间、商人之间、医生和患者之间,如果在矛盾发生之前,能设身处地站在对方的角度考虑一下,能冷静地组织一下语言,不要冲动,用最恰当的语言、最温和的语气来沟通,矛盾可能就会化为乌有。宽容别人,快乐彼此。

1999 年

宠　物

世间万事万物没有绝对的好与坏，都是相对的，比如水可以载舟，水也可以覆舟。

对于养宠物这件事也是一样的道理。如果养宠物能给自己和全家人带来身心健康，心灵慰藉，带来温暖，带来和乐，同时不给周围的环境和人带来烦恼伤害，确实是很好的事。而且我发现就北京市内我身边的好朋友，很多人家都养宠物猫和狗，全家人因此确实变得更和谐温暖有爱心，更加幸福快乐，这是很好的一面。

相反，如果养宠物只为满足个人一时欲望，不顾家人反对，不顾家中孩子可能过敏的情况，也不能精心耐心科学卫生的照料，不顾对社会环境和对身边人群的影响，就不要养了。这样带来的后果必是烦恼大于快乐就得不偿失了。

我表弟媳妇曾亲自和我讲过她同事的小孙子，家在吉林省的一个城市里，十二岁因全身消瘦死亡，为了寻找病因，死后做尸检才发现孩子肝脏里全是弓形虫，因为家里养宠物狗多年。孩子爱狗狗，甚至有时都搂着小狗睡觉。

我还亲自看到有一个新闻案例，一个上大学的小伙子，放假期间，在路边被一只小宠物狗咬了一下，回到学校不久狂犬病突然发作，死前老师同学们亲眼看着他疯狂痛苦如狗叫着，挣扎着在他父亲的怀里而去世。

我初中一个同学的妹妹十五岁被狗咬了，没过几个月狂犬病发作而死亡。听我同学说临死时的悲惨情形还历历在目。可怜至极。这是我年少时的心理阴影，从此对各种狗狗更是敬而远之。

大约几年前，我听身边的人说北京市内，一男人被自己家的爱狗咬伤，最后结果是狂犬病发作死亡。我听了心情也是不好受的。

这看似极少的悲剧发生在任何一家都是痛不欲生、惨不忍闻的灾难。

我先生的好友是北京一家三甲医院的呼吸科主任。他说，有一些孩子过敏就是因为家里养宠物引起的。猫狗鸟等身上的细绒毛，飞散在家中空气里，家中空气变得不纯净，只是我们有时看不到。作为医生，我也建议准备怀孕和已经怀孕的女士最好不要养宠物，以确保娇弱的胎儿万无一失。

我们每天其实都面对各种诱惑和选择，当我们选择做一件事情的时候，无论大事小事，一定要冷静智慧做抉择，要先想到可能会出现的最不好的结果，不能只顾眼前的享乐，而是要考虑这个事情选择之后，带来最不好的结果时，你能不能承受？如果最终可能出现了最不好的结果，也绝不后悔，此时再去实行不迟，因为人生没有那么多侥幸。

即使几万分之一的灾难后果也要重视。

所以说生活很多道理都是相通的。凡事谨慎但又要自在洒脱，不执着。防患未然，才会拥有更持久的、踏实的、安心的智慧快乐人生。

我看过电视里记者采访一对夫妻，因养宠物而争吵最后离婚的悲剧，一对原本相爱的年轻人，因为宠物而正式离婚了。男青年面对镜头，坦白离婚的主要原因就是受不了妻子对宠物狗的热爱，已远远超过了对自己的爱，他说自己在妻子心中还不如一条小狗重要，无法接受这种婚姻，所以选择离婚。

对于社会公共环境的影响，我也是亲自感受到的。之前我家在西四环边上住，那阶段，我每天清晨从家出来要步行几分钟的路到公交车站，就这几分钟的路，总在高墙边的马路牙子上见到一两堆湿湿的狗狗大便，心情很是不爽。现在我家搬到了另外一个住处，每天清晨上班时，还是常常在繁华的路边马路牙子上看到一两堆湿漉漉的狗狗大便，心情自然不悦。一看就是清洁工都还没来得及收拾呢，我真是同情这些清洁工师傅们。

我家孩子小时候，有一次休息日，我正在小区门口空地陪孩子玩，忽然看到一个中年妇女一边用尽全身力气口里喊着，一边拉她手里的那条拴着那只大狗脖颈的绳子。那条狗，不知受了什么刺激，最后还是疯狂挣脱了它脖颈的狗绳，而向我们这边正在玩耍的孩子们狂奔过来，当时把我惊吓得目瞪口呆，屏住呼吸，连喊孩子们注意的机会都没有，好在孩子们都在各自玩乐，注意力没在狗上，躲过了一劫。那条狗在我身边和孩子们之间暂停一下后愤怒穿过而去，那惊险的一幕让我一直记忆犹新，从此对狗狗更是敬而远之。大家都知道狗是人类最忠诚的伙伴，猫是人类最温顺的朋友，但是那是对它的主人，而不是对陌生人。

小时候我农村家里父母其实都养过猫狗，既能看家护院，又有情感温暖。我也很爱这些小动物，然而我家的狗在我们家人面前特别温顺乖巧，可是给村里不熟悉的陌生村邻，确实带去了一些恐惧和烦恼，这是事实。当然农村天然的大自然环境确实更适合养猫狗这些小动物，几乎不影响人们居住的家里家外的卫生环境。

对于大城市的人们而言，就不一样了，猫都在自家里大小便。狗有的在家里大小便，有的带出去大小便。如果爱宠物的人士不能自律，不能有始有终照顾好自己的猫狗，对楼房封闭的小环境、都市整洁的大环境，以及密集人群的影响和威胁就不言而喻了。

2022 年端午节

第三辑　爱的旋律

爱情的礼物

爱情是春有百花、夏有雨、秋有红叶、冬有雪的浪漫。

爱情是暖春的微风，是夏夜的雨荷，是清秋的雅菊，是寒冬的雪梅。

爱情是明媚的阳光，是柔美的月色，是绵软的海滩，是金灿的麦田，是繁星点点，是岁月的书笺，是生命的航船……

爱情是个亘古不变的话题，所有纯洁高尚的爱情，过程都是最美好的，无论结局如何。

初恋时，他送了我一件礼物。当他有些尴尬而又兴奋地把礼物送给我时，我爱不释手，欣喜之情油然而生。

见我喜欢，他也高兴。于是他直言道："这是我在路旁的小摊上买的，仅仅三元钱。"他面带羞涩。我手里捧着那个随处可见系着红线的半透明的小小观音，竟然感动不已。

然后，他把这饰物给我戴到脖颈上，轻轻地说："我买不起项链，只能买这个最廉价的小东西给你，好在你喜欢，礼轻情意重！"

"情义本身是无价的，我要的是感情，又不是什么贵重的礼物。"我发自内心地说。

"这个小菩萨你真的喜爱吗？"他不禁笑问。

"当然是真的，因为菩萨慈悲又智慧！它比任何礼物都珍贵！"我神采奕奕地说。

"那就好。"他说，"你在我心中有如菩萨一样，所以就买来送你，没想到你竟这么喜欢它。"

"你把我比作菩萨，让我心生欢喜，我就更喜欢这个爱情的礼物了。"

但是，意想不到的是，不久我把这个小礼物给弄丢了。虽然是最普通的小礼物，可我知道它饱含的意义，知道它寄托着他全部的真情，我不知所措，不安了好一阵子。

那天，我无心吃饭，心烦意乱地从傍晚一直寻到深夜。母亲知道我是一个过于认真的人，怕我着急，也帮着翻箱倒柜，但最终还是一无所获。我倍感遗憾。

于是，我心神不定地给他打了电话，请他原谅。他说不要紧，以后再给我买个。毕竟他知道我是完全出于无意才弄丢的。为此我还自责了一番。

时间一天天地过去了，许多事我都淡忘了，唯独此事仍记忆犹新，时而想起。这小小的礼物的确给我带来了不少的温情与浪漫，不知他是否还记得这个爱的礼物。

1999 年

夜来风雨声

夜幕刚刚降临。

我穿着大衣，颈上裹着长长的白色羊绒围脖，手里捧着他爱吃的柑橘，急步在飘雨的夜色里。

微微的细雨，伴着萧瑟的秋风淋在我的脸上。路旁树上的枯叶还没有落尽，一阵风吹来哗哗作响。穿过夜色，走在朦胧的路灯下，我怀着激动的心情来到他的住处，抬头望见他的宿舍里的明亮灯光，这使我忘记了寒冷与黑暗。

轻轻地叩他宿舍的门，还是惊动了他的同事。

"你找他吗？"

"是的。"我微笑着说。

"刚才还在，他不会在和你开玩笑吧？再敲一敲。"他的同事在走廊那边笑着对我说。

"不可能的。"我说。

"让我看看。"他的同事用力叩响了他的门，依旧没有动静。"我再去楼下给你找找，你稍等一下。"

不一会儿，他的同事上来，有些遗憾地说："他不在，他回来我会告诉他。"

谢了他的同事，我便回到了家里，屋子里很暖和。母亲坐在床上，静静地摆着纸牌。我说没有找到他。母亲却淡淡地说："他可能在另一条路来咱家看你。"

我坐在桌旁，漫不经心地翻看一本书，心里却还在牵挂着他，这样一个风雨飘摇的寒夜，他在哪里呢？

窗外，细如牛毛般的秋雨飘落在窗棂上，随风吹落的枯叶从窗玻璃上一扫而过，我顿时有了一种"夜来风雨声，花落知多少"的惆怅。

不知不觉无限的思绪掠上心头，无数的记忆涌入脑海，感情的游丝沁入了心灵的深处，一缕一缕缠绕着我。我静静地独坐，任凭情感的泉水缓缓细流，融入这"润物细无声"的夜雨中。

我的灵魂恍惚间仿佛游离了自己的躯体。突然的叩门声惊醒了我。第六感告诉我，一定是他。母亲也说一定是他，我欣喜地打开房门，他正微笑着伫立在门口……

果然如母亲所说，原来他是从另一条路走来看我。

1998 年

幸福的感觉

偶然的机会，先生读到了我写的文章，他认为文如其人，虽然素未谋面，却认定我就是他理想的伴侣。也许上天注定我们的缘分，于是他用一封简短诚挚的信，悄悄地拨响了我那纯净安宁的心弦。

除了那种军人特有的气质和标准的男子汉身材之外，他实在没有一点儿动人之处。我们相爱的形式很浪漫，相爱的过程却极简单。因为爱他，我尽量不给他增添一点儿烦恼与负担，以便让他更安心地工作。

他爱岗敬业。婚后，一次我到部队探亲，他训练归来，累得筋疲力尽，迷彩服上满是灰尘，看他身心疲惫的样子，我特别心疼，给他端茶倒水。他说，训练场上军人摸爬滚打的时候已不像人的样子，这更增加了我对他的理解和关心。

虽然我们在物质上一无所有，可是我们发自内心地感到无比的幸福与快乐。因为我们的精神是富足的，彼此的心中都充满了真爱！世界上爱的力量是最大的。

　　人无论多么伟大和优秀，都无法获得肉体的永生，所以我与先生很珍惜有限生命里的这份姻缘。

　　诚然，人无完人，金无足赤，我们也有发生矛盾的时候，但只要拥有了理解与宽容，拥有了真诚与爱，摩擦也绝不会影响彼此那份深厚的感情！

　　最难忘记的还是我们结婚登记的那一天，也算是我们正式结婚的日子。因我两当年工作情况特殊，加之经济条件差，所以我们没有录像，也没有轿车，更没有新婚礼服和婚纱，更没有什么项链和戒指。尽管如此，但我们却感觉无比幸福。那天从街道办事处出来，已下午三点多了，他牵着我的手来到一家水果店，买了一大串带着嫩绿叶子的鲜荔枝。那时，正值荔枝昂贵的季节，我忽然想起"一骑红尘妃子笑，无人知是荔枝来"的诗句。那一刻，我竟然感觉自己比杨贵妃还幸福。从水果店出来，他看了看手表说："该归队了，没办法，谁让我是新兵连连长，咱们赶快回部队吧！结婚了也不能多陪陪你，又一无所有，连戒指都没有，日后什么时候想戴一定告诉我！"他轻轻拍了拍我的肩。

　　我微笑着点了点头，心中却不以为然，一方面，我确实对项链首饰之类的饰物，从来不感兴趣；另一方面，他工资也不高，工作很辛苦，几乎没有"自由"，我真的不忍心仅仅为了那个毫无意义的结婚戒指，花掉他有限的积蓄，况且似乎没有结婚必须戴戒指这一生才幸福的说法。于是我对他说："颁发结婚证时拍的那组照片，我认为是最好的纪念，比戒指有意义多了。我要用实际行动证明，没有戒指没有婚纱没有钱的婚姻同样很幸福。"

他听了我的话，很动情地把我拥入怀中，对我说："上天实在太厚爱我了，你只有嫁给我才会一生幸福，我只有娶了你才会一生快乐！"

他并不爱好文学，但是他支持我写作，也喜欢读我写的文章。我的第一部长篇小说《聚散总有时》，他是第一个读者，也是他在工作之余帮我把手稿上的三十四万多字输入电脑的。二零零五年，我们的孩子一周岁时，我完成了第二部长篇小说《白纱巾》的文稿，也是他帮助我输入电脑的。当前，我的小说首发在上海起点中文网，笔名署"清敬淳子"。如果将来这两部小说有幸出版，那么我最先感谢的人一定是我的先生。

婚后的我们依然注重情感的交流，生活上我们坦诚相待，孝敬老人，同甘共苦，彼此尊重，从未因经济问题而发生过一点儿矛盾。刚结婚那两年，我们异地分居，因他们部队不允许用手机，我几乎每周写一封信给他，他一般都是打电话给我，却很少写信，他是一个不善于表达自己感情的人，但我却能感受到他对我深深的爱，最让我难忘的还是婚后也是目前为止，他写给我最长的一封信，内容如下：

爱妻：

又是一个宁静的夜晚，刚刚查过哨，回到宿舍睡不着，我想应该回一封信给你了。不能再拖了，我太想你了！想死我了！！我快想疯了！！！无法形容多么想你，我心里是最清楚爱你有多深！用语言也难以表达，这种爱与日俱增，真的是"一日夫妻百日恩"啊！

真的，我感觉欠你太多了！工作一忙起来，连写封信的时间都紧张，尤其作为一连之长，工作上不能有半点儿马虎。虽然我很少写信，但我的心一直都牵挂着你，我知道你更是那种十分重感情的人，甚至把爱情看得比生命还重要。其实我也是一样，只不过我确实是不善于表达，也许我的综合素质没有你想象得那么高，但是我自认为算是一个好男人，我会尽最大努力让你一生过得好一点儿！

闲暇之时，把你那两张近照拿出来看是一种快乐，读你的信则是一种幸福，照片上找不出什么缺点，你在我心中永远是最美的，是世上最好的妻子，永远值得我欣赏。两张照片，两种风格，化妆拍的那一张，稍显成熟、妩媚，笑容是甜甜的，眼神是明亮的，无可挑剔。其实，我更喜欢未化妆的这张生活照，朴实、纯洁！我不知道这是不是所谓的古典美、自然美，这张照片让我感受到你内心世界自然的流露，它就像你本人一样永远让我心动！

当然，我最欣赏的还是你的内在美，特别是婚后我发现你越来越多的优点。我自认为一个好女人征服一个好男人，不仅仅是靠外表，更重要的是靠内在的素质。外表漂亮是暂时的，而内在美才是永恒的，这就像陈年老酒，越陈越香，越细品越爽口，越细品越迷人。

当初见你是"入目三分"，而如今却是融入血液，流遍全身。好女人就要有好男人来珍惜，来呵护，来欣赏，来品味，我会用我的一生好好珍惜与爱护你。你的美是全方位的，不仅仅是你漂亮的外表，一个微笑，一个动作，一句话，甚至是对一件事的见解无不渗透着你美的内涵。

我时常想，男人一生究竟追求的是什么？也许就是"事业、家庭"四个字。自从有了你的爱，我对生活、对前途更充满了无限的信心。其实，我和你一样把钱看得比较淡，我觉得在事业上有一点儿成绩的同时体现自己的人生价值足矣！

摆在我俩面前的困难很多，但感觉你能泰然处之，这无形之中给了我巨大的信心和力量。其实男人有时也是需要鼓励的，我深知你是一个注重精神生活的人，既不爱慕虚荣，也不贪图荣华富贵，但是我作为你的爱人应该尽最大能力，让你在物质上也过得好一点儿。

我相信在未来漫长而又有限的生命里，我们的婚姻将是幸福婚姻的典范，因为你我都是懂得珍惜的人。

另外，要保重身体，工作要干，家务要做，但一定要注意以不感觉太累为原则，要多吃些营养的东西才能胖。如今大多数女人为胖而发愁，而你却吃什么都不胖。其实，只要身体健康，胖瘦都无所谓。

夜已经很深了，每每回想起和你在一起的时光，真是幸福极了，快乐极了，心情舒畅极了。所谓"近朱者赤，近墨者黑"，在你的影响与熏陶下，我其实也进步不少，变得更加高尚一点儿，完美一点儿，这应归功于你的爱，至少我能主动在大街上义务献血了，以前我从未想过去献血。

该止笔了，希望你今晚做一个美梦，渴盼相逢的那一天早日到来。今生如果离开你，我不敢想象如何生存下去。

深深爱你的丈夫

于八一建军节

　　读他这封信，我感动不已，因为谈恋爱时他从没有写过这么长的信给我。从通信到第一次见面到热恋，他的信一直都是简明扼要，就像他的工作报告，没有废话。他很少这样向我倾心畅谈，所以我相信他是有感而发的。读他的信时，录音机里正播放梅艳芳的那首非常好听的《亲密爱人》：

　　　　今夜还吹着风

　　　　想起你好温柔

　　　　有你的日子分外的轻松

　　　　也不是无影踪

　　　　只是想你太浓

　　　　怎么会无时无刻把你梦

　　　　爱的路上有你

　　　　我并不寂寞

　　　　你对我那么的好

　　　　这次真的不同

　　　　也许我应该好好把你拥有

　　　　就像你一直为我守候

　　　　亲爱的人亲密的爱人

　　　　谢谢你这么长的时间陪着我

亲爱的人亲密的爱人

这是我一生中最兴奋的时分……

于是我突发灵感，当即写了两首歌词寄给他，并让他抽时间帮我谱成曲。因他也爱好音乐，上军校时是军乐队的一员。我写给他的其中一首歌词是这样的：

《军恋》

寂寞的青春

用钢枪磨练

美丽的橄榄绿

着眼于威严的营院

军人坚强的心

能容下无数苦难

却容不下真情的思念

软软的泪花

是爱的奉献

蹉跎岁月

磨炼了军人特有的风范

用自己的孤独

换得万家的团圆

用执着的信念

守卫国家的安全

豪情万丈

英姿飒爽好儿男

满腔热血凝聚着

心中那份永恒的

军恋

后来，他把我写的这首歌词亲自谱成曲，又亲自教给他的战士们传唱。

时至今日，我们的孩子已经读小学了。虽然一家人已经团聚，但由于他是军人，我的工作也很忙，我们依然聚少离多，但幸福的感觉不但没有变，而且与日俱增。

2010 年

结婚纪念日

结婚十周年纪念日这天，先生突然把一枚戒指送给我。从相恋到如今，这是他第一次送我戒指。虽然我一向不喜欢戒指之类的饰物，但还是感激他对我的爱，其实生活就是需要仪式感的。感激的同时，我这活得比较另类的女子，不禁还抱怨了他两句，嫌他有些浪费。一枚戒指，花了他近一个月的工资，他安慰我说："你不是说过夫妻感情永远比钱重要吗？我越来越觉得你说的是对的，结婚时工资低，想买却买不起，现在生活好多了，我是力所能及，了结了自己的一个心愿。"听了他的话，我微笑不语。

以前过结婚纪念日，有时我们因工作关系是不能在一起过的，但他肯定会打电话或发短信祝福我。在一起过时，他偶尔也会送礼物给我，一条丝巾或一个背包什么的。倒是粗心的我有时就把这个重要的日子给忘了，其实就我个人的观点来说，我不太注重结婚纪念日怎么过，更在乎的是平日里彼此点点滴滴的爱与关怀。但是如果对方能记得或在乎这个节日确实更好。这个日子就像一块小石子，能让婚姻这潭平静的湖水荡起美丽的涟漪，从而让彼此的心灵得到慰藉，增进彼此的感情。其实人们的精神或心理感受，往往更能左右一个人的幸福指数。

每个人从相恋到结婚的激情，都会在婚后漫长的岁月里，渐渐变得平淡如水。工作之余，除了柴米油盐酱醋茶，就是照顾孩子吃喝拉撒睡及学习。其实能让平淡的日子变得浪漫或激情一些的，还属结婚纪念日，因这个日子包含、承载了太多的美好记忆。夫妻双方都重视这个日子，会让两个人的心更加贴近。

所以婚后的夫妻，每年最好要过一过结婚纪念日，因为有了人生最美丽的相逢，有了最甜美纯真的爱情，有了两情相依的缘分，才有了结婚纪念日，才有了幸福的家庭。礼轻情意重，哪怕没有任何礼物，发一条最真情的短信也足以让对方感动和珍惜。或者轻轻松松放下一切烦扰，给彼此一个最温暖的拥抱，带上孩子，或者到餐厅、咖啡厅、茶楼让心灵彻底宁静下来，穿越回往日最浪漫的时光，在美好的回忆中度过每年一次的结婚纪念日，这样能让婚姻更加幸福。

2012 年

清东陵游后感

　　偶然的机会，我们一行三人，游览了我国清朝三大陵区中规模最大、体系最完整的清东陵。

　　清东陵位于北京城东百余里的河北省遵化市马兰峪境内。我在游览结束后有些感想，想记下自己的心情及感受，但因自己知识、词汇的过于贫乏而没有落笔。然而这份感怀却久久占据着我心灵的一角，只有写出来才能释怀。

　　虽然我对历史、尤其是历史中的古代帝王后妃们这些风云人物的悲欢史话颇感兴趣，但是却对祖国悠久的历史文化不甚了解，想来深感惭愧。

　　去游览古代帝王后妃陵墓群这一天正值炎炎夏季，天气晴朗。我穿着一件简单的短袖齐膝的连衣裙，依旧感觉很热。但是对清东陵的好奇之心似乎淡化了我对酷暑的恐惧。

　　清东陵这块"风水宝地"吸引我的不只是它独特的建筑构造和秀丽风光，更是中国历代帝王的文化史说。"康乾盛世"中两位杰出的皇帝都葬在那里，众人皆知的慈禧太后也安葬在那里。这位曾是咸丰皇帝宠妃的女人，在那个封建王朝竟执掌朝政四十八年之久，可谓是中国历史上富有传奇色彩的女人了。对于他们生前身后的一些史实与传说感兴趣的人，我想不仅仅是我自己吧？否则在清东陵对外开放这十几年来，不会吸引数以万计的中外游客前来参观。清东陵不仅仅体现了中华民族悠久的历史文化，更是我国劳动人民的智慧结晶。当然大量的殉葬品及豪华的建筑规模也暴露了封建王朝腐朽的一面。

当导游小姐熟练地介绍着陵墓的有关事宜之时，我开始了美妙的遐想。一个人不过拥有几十年的人生，却有着那么多惊心动魄的故事及传说，想起来是何等的不可思议。无论什么人，即使是一言重千金的帝王，也有着生活的酸甜苦辣，"高贵至极"的玉体，最终也难免会腐化成尘，能够名留史册的只是他们的功绩和情感事迹。

在中国两千多年的封建君主专制历史中，清王朝就占据二百多年。清东陵这座皇家陵园里珍藏着大量的奇珍异宝。清王朝灭亡后，在动乱年间，匪盗们自然对陵中的珠宝财物有了觊觎之心，许多陵寝惨遭盗掘。被盗最严重的是乾隆皇帝及慈禧太后的陵墓。这些帝王后妃做梦也不会想到，他们耗资巨大、精心设置的地宫以及无数珍宝，有一天会遭到残忍的破坏，甚至他们的尸首也遭到践踏，这是多么令人遗憾的事啊！

我与男友的同行是这次我们游览清东陵感受最深之处。走进清东陵后，我与他在一起的心情完全不同于往日了。尤其是在寒冷的地宫里，我俩并肩站在帝王后妃的棺椁前时，我的心潮起伏不定。听着导游小姐的叙说，望着近在咫尺且年久褪色的棺椁，一种从未有过的强烈的情感涌入我的心间，一向含蓄的我却情不自禁伸手用力握住他的手。他感觉到了，忙问我："你冷吗？"我俩彼此深情地对望了一眼，那一刻的心情无法形容。同行的好友王哥在认真听着导游小姐的解说，且地宫里回音过大，他可能没有注意到我与男友这简短的对话与举动。虽然外面烈日炎炎，地宫里却阴森、冷落、萧索。

出了地宫，我那难以言表的心情依旧左右着我的情绪，忽然感觉到死亡的残酷与可怕，尤其怕的是他与我在几十年后不也会同样进入坟墓吗？可是人终究是要死去的，我甚至不敢再想下去。当时我们觉得是在参观一座坚固、萧条、冷落的宫殿，其实不过是走进了别人的坟墓中而已。我最大的感受是要好好地活着，珍惜每一天。

之后，我们登上陵寝的楼阁，驻足远眺，心胸渐渐开阔起来，眼前蓝天白云、山峦起伏、苍松翠柏、郁郁葱葱，与一座座金黄的殿顶相互掩映、错落有致，在阳光的照射下非常耀眼，这一切构成了独树一帜的旖旎风光。

于是我们高兴地拍起照来。之后，他先站在楼阁的围墙正中处，又向后退几步，站到楼阁门前的台阶上，眺望远方，说道："你们看，站在此处，恰恰能看到遥远的天边与之相对应的一座圆而尖的峰顶。"

王哥微笑着站到他身旁，努力眺望，也看到了那海市蜃楼般的峰顶。据说清东陵是块风水宝地。因此那山峰给人感觉最高，位置极正中，与清东陵的楼阁正中间的位置相对应。于是我也好奇地放眼望去，也看到了那座高高的山峰之巅。它掩映在苍松翠柏及云海之中。

离开清东陵的时候，再回望这四面环山的建筑群，辉煌而又古老。回望着连绵的奇峰秀岭，再看着眼前绿树成荫、宽广平整的山路，我心中涌起对生命的无限感慨。

1998 年

凄凄然

世间有多少坚贞不渝、两情相悦的爱呢？生死相许，浸透骨髓，缘生缘灭，有欢喜的结局，就有忧伤的分离。让人无奈的，不是错过了，就是你已失去拥有它的资格。生老病死，爱别离，怨憎会，求不得，放不下。也许这就是现实的人生吧。

在岁月的荒涯里，在茫茫人海之中，忽然遇到那个唯一能让你生死相许的爱人，也是命运。什么是真正的爱情？记得好像是有位哲人说过的吧，真正的爱情就是让你对除了爱人之外的其他异性再也不屑一顾。而这样的爱情不是每个人此生都有缘可遇的。

一天，忽然读到了一个凄惨真实的爱情故事，读后泪湿双眼，心情茫茫然，久久不能平静。

在这里，我给女主人公和男主人公起个别名。大城市的一个普通女孩春春爱上了大学同学冬冬。冬冬是一个普通的外地男孩。两个人说好了毕业后，冬冬留在春春所住的大城市，两个人一起创业。

大学毕业时，春春欢喜地告诉母亲她的最美好、最纯洁的爱情，并对母亲说，她爱冬冬已经到了任何一个男人都无法替代的程度，她可以为他付出自己的一切。他们之间是高层次高境界的爱，已超越了世间最普通的爱情。

母亲详细了解冬冬的家庭背景之后，如五雷轰顶。一向通情达理的母亲却坚决不允许春春和冬冬再有任何往来，必须一刀两断。同时母亲揭露了一个春春从不知晓的天大的秘密。

原来两家祖上有深仇大恨。冬冬祖上长辈曾陷害春春祖上长辈。春春的母亲无法释怀。结果可想而知，春春不得不和冬冬分手，没有丝毫余地可言。但是春春的情感世界从此彻底崩溃瓦解，此后更是对任何男子都不屑一顾。分手后，冬冬一样痛不欲生，哭得肝肠寸断。冬冬为了孝顺父母，只好回老家工作，后来娶妻生子。而春春呢，为了不影响冬冬的幸福家庭，她控制自己不和冬冬联系，把情感深深地隐藏起来。高层次精神境界的人处理感情绝不沾染世俗，爱得干脆，断得彻底，爱得高贵。

但是春春却通过各种渠道一直对冬冬的所有情况了如指掌。婚后的冬冬日子过得平淡如水，和同学们也很少往来，变得沉默寡言。而春春则把她一生的情感和精力全部投入到了她的艺术事业。真情又专心之人，天不负，人到中年事业大有成就，在这个大城市声名鹊起。她不断做慈善、捐款，把小爱转成大爱和仁爱。做慈善事业时，她也发现原来生活中不幸的人太多了，只是各有各的不幸的原因而已。

更不幸的是刚人到中年的冬冬，因长期抑郁竟然得了癌症，发现时已是晚期，不久就去世了。得知此噩耗，春春更是悲恸欲绝。这次她终于主动来到了冬冬的家里，去探望冬冬的妻子和女儿，她把冬冬的女儿认作自己的女儿，把冬冬的妻子视作挚友，把自己的很多财产转给了这母女俩……

徐志摩说，对于爱情，得之，我幸；不得，我命。他对林徽因的爱情，何尝不是如此。而金岳霖先生对林徽因的爱，爱得更是脱俗和无奈，这段缠绵悱恻的爱情佳话，感人肺腑。

纵观历史，凄美的爱情，数之不尽。

千古艰难唯一死，伤心岂独息夫人！

这个世间，我们每一个人，谁又能逃过这爱的枷锁？

我不知如何表达对这些灵魂纯净又高贵、有缘相逢却无缘相守的人之敬佩，情不自禁写下这段简语，作为此文的结束语。

凄凄然

天深情地守望着大地

大地柔情地仰望着天空

天爱慕大地的多彩多姿

大地迷恋天的浩瀚无际

而他们永远不能在一起

一旦交集

是天翻地覆

不是所有的爱都可以相依

不能相拥是天意

凄凄然

这样的相爱又何尝不是一种最高贵的美丽

2015 年 4 月

千手观音

婚后十年，我一边工作一边承担着家里所有的家务，这铸成了我先生的懒。有时我也感到疲惫，但是精神生活是快乐的。人无完人，有时想想，先生最大的缺点就是懒，其他没什么可挑剔的。人都有缺点，夫妻之间不可能都让对方百分百满意。自己也不是十全十美，就没有理由要求对方十全十美，这样自我安慰，心里就很平衡。

一次，我吃完晚饭，实在不想洗碗，怎么办呢？让先生洗碗又没理由，因为他几乎从来不做家务，彼此都习惯了。偶尔我病了，他就到饭店买饭菜回来，也不用进厨房。这时他又坐回电脑前浏览新闻或玩他的网上扑克牌，正在我踌躇之际，儿子走过来，我心生一计，小声对儿子说："儿子，我和你说件事呗！"说着，我用食指指了一下先生的后背，示意别让他听到。

"说吧，妈妈，什么事？"他心有灵犀，也小声说道。

"今天妈妈实在不想洗碗，我想先洗衣服，我洗完衣服还要洗澡，我有点儿累，如果你今天能让爸爸高兴地把碗洗了，我就佩服你，我想看看你的交际能力怎么样？"

"这点儿小事，好办，不过你得给我几分钟思考时间，他那么懒，我得想一个最好的办法。"

我点点头，儿子眉头一皱，回他的屋里去想了。之后我连忙把脏衣服放到洗衣机里。没两分钟，儿子从屋里出来了，只听他大声地喊道："爸爸，我在叫你，你听见了吗？"

"听见了，儿子，有什么事请说。"

"我现在有很重要的事和你说，你先停下来，把拿鼠标的手松开，我再说。"

"好吧，你说。"先生把头扭过来微笑地看着儿子。

"我跟你说，你一下班回来，什么都不干，不是看电视，就是玩电脑，我妈呢？下班回来就开始做饭、洗衣服、洗碗、拖地什么的，你以为她是千手观音吗？你以为她是超人吗？她只是个普通人，你看她累得那么瘦，你却养得身强力壮的，你如果真爱她，你今晚就帮她洗一次碗吧！我求你了！"儿子越说越激动。

我听了禁不住哈哈大笑："你看，孩子都看不下去了，还说什么你爱我。"我望着他们父子，说了一句，转身拿衣服去了。

先生听了，连忙站起，孩子的话让他哭笑不得："好的，儿子，今晚无论如何爸爸也把这碗洗了，就你妈那小样儿，还千手观音呢，哈哈……"先生一边笑一边去洗碗。

先生进厨房的瞬间，儿子来到我身边，伸出大拇指，神情无比自豪地小声说："妈妈，怎么样？"

"儿子，你太棒了，我真的很佩服你！"

"嗨，这点小事儿，对我来说就是小菜一碟。"

"儿子，谦虚使人进步，骄傲使人落后。别骄傲，以后如果哪天我又特别累了，还指望你能把他摆平，能行吗？"

"没问题，有事你说话，我保证给你办成，放心吧！"他一本正经地看着我说道。

"好的，谢谢你，儿子！"我用力在他的小脸蛋上亲了一口。

"别亲我呀，有话好好说！"他用手蹭着我亲过他的脸部，转身走了。

先生一边哼着小曲，一边洗着碗，我拿起浴巾到卫生间洗澡去了。

星云大师常讲，我们拜观音，不如自己做观音。

当我们以观世音菩萨大慈大悲的心对待家里家外，以及身边芸芸众生的时候，我们就是观世音。

2013 年 6 月于北京家中

爱情的归宿

儿子读小学了，我与先生依然注重情感的交流。幸福的婚姻，两个人一定要常常沟通，这很重要。夫妻双方要不断提升自己的内涵，懂得关爱、理解、尊重对方的一些习惯很重要。我们工作都很忙，两人白天也很少有时间能静心坐下来闲聊，所以我们大都是在临睡前谈心的，经常谈到深夜也不知疲倦，心情都很好时，彼此坦诚相见，讲些对彼此言行最不满的地方，两个人也都能愉快地接受。因此，我们夫妻双方一直在不断地改正自己的缺点，完善自己，提升自己的修养。爱有时就是要努力为对方改变一下自己，这样的婚姻自然会幸福。

我们平日里偶尔也有对某一件事持完全不同看法或观念的时候。或者偶尔发生争执的时候，大都是我明智地做出让步，以沉默来避而远之。当我们意识到根本无法改变对方的时候，那就必须改变自己的心态。接受现实，爱屋及乌。幸福的婚姻还需智慧的迁就和忍让。

　　如果我心里对某件事还耿耿于怀或特别纠结，等他心情很好的时候，我会心平气和地给他摆事实、讲道理，和他进行思想沟通。如果确实是他错了，他自然而然会向我承认或默认他的错误。他说男人最讨厌自己的妻子唠唠叨叨。

　　其实唠叨是大多女人婚后真爱这个家的一种表现，原因是一些男人确实粗心大意，不知道关心、体贴、感恩妻子为这个家辛劳的付出，又不会表达。作为当代女人真的很辛苦，工作和男人一样早出晚归，上要养老人，中要照顾整个家庭，下要照顾孩子。可想而知，作为妻子总要有感情的出口，但不少男人并不肯接受和理解女人的唠叨。所以，我只好尽量不让自己成为唠唠叨叨的怨妇，本来婚姻生活过久了，彼此就不知不觉地会有点儿倦怠感，绝不能再雪上加霜了。不唠叨，少抱怨。既然付出了，就好人做到底吧！实际上，很多时候我们是改变不了对方那些顽固的习惯和缺点的，这时候就必须调整自己的心态。

　　其实有时在家里做人也很简单，"忍一时风平浪静，让一步海阔天空。"做男人的要知道关心妻子，宽宏大度，有家庭责任感，一定要对妻子有感恩的心。做女人的一定要温柔、贤惠、体贴、忠贞、学会包容。维持家庭和谐，彼此坦诚相待，经常沟通是前提。这个家必然会幸福。

　　女人婚后，千万不要把生活的重心全部转移给孩子和家务，忽略了对丈夫的关心，结果费力不讨好。而男人婚后千万不要以干事业太忙为由，忽略了对妻子和孩子的关心与陪伴，把家庭里的所有责任全部都推给妻子，自认为只要把钱都给了妻子就是对这个家的最诚挚的付出。如果是这样，结果是双方都喊冤，都自认为是为了这个家，费心费力对方却不满意，夫妻的距离只会越来越远。

　　出现这种情况的家庭一定要反思，彼此要付出实际行动及时调整自己的心态和言行，夫妻之间最需要的还是情感的沟通与精神的依靠。这种陪伴是多少金钱都无法代替的。其实婚后依然要维系爱情，我身边的很多夫妻意识不到这一点。如果双方都是不善于表达的人，那么可以用最简单的表达方式，比如，时常抽出几分钟时间给对方揉揉背、捶捶肩，递给对方一杯温水、一个水果。最简单的关怀足以表达最温暖的爱。无需海誓山盟，这样的婚姻才更脚踏实地。

　　夫妻关系相对较复杂，既是爱情关系，也是朋友关系，更是亲情关系，这些关系都建立在互相依赖信任的基础上。婚姻中，男人相对较注重理性需求，女人则更注重感性需求，希望丈夫多在家中陪陪自己。无论什么事，有付出才有收获，婚姻也一样需要付出才有回报。

"勿以恶小而为之，勿以善小而不为。"这句话在婚姻中同样适用。即使生气时也要尽量克制自己，不要总是用刻薄的语言随意伤害对方的自尊心。切记，冲动是魔鬼！发生矛盾时一定要尽快让自己冷静下来，尽最大努力控制好自己的情绪。己所不欲，勿施于人。良言一句三春暖，恶语一句六月寒。每个人的心都是脆弱的。

再恩爱的夫妻也是一样，经不起太多冷言冷语的伤害。太多的人忽略了这一点，把爱语和宽容都给了外人，习惯把冷语烦恼甚至怒气都抛给家人，认为对方既然爱自己，自己就可以在家里肆无忌惮，其实这本身就是自私的表现，表面看是征服了对方，那么实际呢？如人饮水，冷暖自知。夫妻更需要相互爱护，尊重和理解，这样才能真正从根本上维护好这个家的温馨与和睦。

夫妻间真挚的感情是相互"敬"出来的，不是相互"怨"出来的。彼此要给对方适当的自由与交往空间。因为身心自由的人才快乐。这与有没有隐私真的毫无关系。无论男女，真正有德行、有修养、坦荡的人，有家庭责任感的人，各方面都会自律。君子在哪都会是君子。

其实许多人都有自以为是、固执己见的缺点，我也不例外。尤其在夫妻之间，当你挑剔对方的同时，一定要好好反省一下自己是不是十全十美，是不是各个方面也都无可挑剔，让对方很满意。要敢于正视或面对自己的缺点和不足并及时改正。一定要学会适应对方的性格或习惯，两个在不同环境下成长的人，很多习惯、观点不一样是正常的，婚后的彼此，还是需要有一个磨合适应的过程，要理解，要接纳，多沟通。既然选择了对方，就要好好珍惜，如果你的爱不能改变对方的某些习惯，那么你就必须适当改变一下自己，时刻怀着感恩的心来爱对方。

也有的夫妻婚前缺乏了解，婚后时间久了，缺点全都暴露出来，让对方大失所望。如果又不知悔改，必然为日后的婚姻不幸或危机留下隐患。所以做人还是实实在在，婚前不要刻意地掩盖自己的缺点，顺其自然为好。有些人认为现在离婚容易，再婚也不难，中国最不缺的就是人，但不知这些人想过没有，和谁结婚都要面临着磨合的过程。

所谓清官难断家务事，无数个家庭有无数种生活模式与状态。幸福还是要靠自己努力付出来换取。如果婚姻中你确确实实在各个方面都尽心尽力了，无愧自己的良心，更无愧对方及其家人，但彼此的观念永远也达不到一致，且对方又毫不珍惜你的付出和改变，没有丝毫感恩之心。那么这种婚姻我觉得最终失败了也不必遗憾，无须遗憾。有缘相爱无缘相守而已。

当然，每个人对婚姻生活的标准和要求也完全不同，所以说婚前的恋爱互相了解很关键。要真正地了解对方，了解彼此的三观是否大致相同，这个很重要。这样婚后就不会因为三观不同而发生各种矛盾了。

普通人的幸福婚姻更是靠真情来维系的，夫妻之间的幸福感受往往在平淡的生活中更能体现出来，同甘共苦、相依为命、互相关爱、互相包容、互相感恩、风雨同舟，本身就是一种幸福的感受。

我与先生最贫困的时候，是孩子一岁多的时候。一天深夜孩子发烧 40 度不退，当晚我们想买一瓶仅六元钱的酒给孩子进行物理降温，但那天家里家外就剩四元钱。白天我们刚给我的公婆寄了我俩婚后仅存的五千元钱急用，想到第二天先生就会开工资，所以分文未留。结果凑巧的是当天夜里孩子就病了。

从医学角度讲，发烧早期是机体免疫系统与细菌病毒抗争的过程。作为医生，我并不是很恐慌，唯一有点儿着急的是孩子没有化验血，不知是病毒还是细菌感染，因这两种发烧治疗用药是大不一样的。我给孩子用了家里备用的感冒药后，孩子体温一直没降下来，好不容易熬到清晨五点左右，天刚放亮，到先生的战友孙哥家里借了点钱，打车带孩子到就近的一家三甲医院，挂了急诊，医生问诊并给孩子体检后，让孩子查了血常规和 C 反应蛋白，确定是病毒性感冒，我心里的一块石头落了地。医生说回家接着吃抗病毒感冒药就行，不需要输液。我也是医生，当然知道，病毒性感冒是无需用抗生素的，除非后期查出合并细菌感染及体征明显变化。

对于感冒，西医用药原则是能吃药的不打针，能打针的不输液。输液看似快，但是据专家调查发现，在输液兑药的过程中，橡胶瓶塞或玻璃碎片里有很多杂质人的肉眼看不见，这些杂质不可避免地会被抽到药水里，输入身体后一旦引起输液反应也是致命的。所以我们很快把孩子抱回家。这次去医院只花了几十元钱，包括打车费用。

回到家里后，给孩子接着吃感冒清热颗粒，上午八点多，孩子体温慢慢降下来了，过了两天就好了。这次发烧体温达四十度，纯属意外。因为我自己是医生的缘故，孩子小时候发烧 40 度以下时，我几乎是没有带他去过医院的，都是根据他的症状和体征简单区分一下感冒类型，在家吃一些疏风散寒或清热解毒的中成药，有时配点止咳药，几乎很少给孩子用抗生素。不破坏孩子的免疫力，三四天孩子就会好。从医学角度讲，感冒大都是病毒感染。虽然我学的是西医，但是我习惯用中成药给自己家人治病。

我和先生当天下午，取了他的工资，很高兴地把钱及时还给了朋友，很是感恩他们一家。而我们夫妻两人竟然没有一点儿因为贫穷而烦恼的感觉，反而很乐观，庆幸孩子的病这么快就好了。我们感觉全家人健健康康、和和睦睦就是一种最大的幸福和快乐。

那时我们住的是部队里的两间简易平房，床是部队废弃的木头床。衣柜也是部队淘汰的老式木柜，不是没有柜门把手，就是缺少折页处的螺丝，每次开关都得小心翼翼。先生兴致勃勃把这两个柜门修理了好多次，事后我还夸他维修水平不断提升，他美滋滋地说："实践是检验真理的唯一标准。"

当时，朋友们来家里，都说我家干净、整洁、清爽。其实整洁清爽的原因是我们家的东西太少了，没有钱买什么东西摆放是真的，孩子的玩具都屈指可数。

就是这样的日子，我们一家三口其乐融融地过了好多年。我们从来没有什么"贫困夫妻百事哀"的感觉，因为心中一直还拥有爱，爱的力量是最大的。彼此心中的那份爱一直温暖着对方，让我们觉得婚姻一直是很幸福的。幸福不是表面的东西，它是一个人内心坦然并快乐的真实感受。

俗话说：屋宽不如心宽，洋房十座，睡榻一间，知足常乐。这些俗语都是我们夫妻的精神追求。刘禹锡的"斯是陋室，唯吾德馨"，是我们的幸福指南。

如今，我们的生活比从前好得多，过的还是工薪阶层最简单最平凡的日子。作为普通人，我始终认为生活的幸福有时和钱财多少关系不大。精神追求有时比物质追求更能体现一个人的幸福感。我和先生都很珍惜现在拥有的幸福生活。诚然，我们夫妻也是凡夫俗子，也会因为某个问题的意见或观点不同而争吵。这种情况，大多是我以沉默而结束，从而避免了矛盾升级，生活中我比他更理智一些。

我先生认为，婚后男人的幸福只有两部分组成。一部分是干自己喜欢的事业，即使事业不是很成功；一部分是幸福的婚姻，即使家庭不富有。两者缺少一部分都不会很幸福。他说他很幸运，两部分都拥有，所以干起工作来踏踏实实、开开心心，从没有后顾之忧。

一天晚上临睡前，我们两人又聊天，我说结婚十来年了，给我的综合素质打个分吧，前提是一定要真实，看看我在你心中究竟是怎样的妻子，好的继续发扬，不好的一定及时改正。他想了半天，说，打九十四分吧。我问他给我去掉那六分是哪方面的问题？他说，第一做饭单调又食欲欠佳去掉三分。第二，带孩子过于粗心去掉三分。目前还没发现什么明显的缺点。之后，他让我给他打分，我给他勉强打了九十分，他欣然同意。

对待先生的父母兄弟姐妹，我一直如同自己的父母兄妹一样，和他们在一起相处的日子多看优点，缺点基本忽略不计，全家人在一起相处的日子感觉很美好很开心。精诚所至，金石为开，何况公公婆婆是有心的人。这个世界上本就没有十全十美的人，尤其对待老人，要有一颗理解和宽容的心，一颗感恩的心。没有老人就没有我们幸福的婚姻，"家和万事兴"。

堂妹在谈恋爱。一天晚上，堂妹和我们一家一起出去吃饭，回来的时候，她坐在车上给男友发短信，我说："其实谈恋爱不如结婚好，魂牵梦绕，挺累人的，尤其万一意外失恋，更是折磨人。"堂妹笑着说："是吗？"我说，不信你问问你三姐夫的感受，堂妹问我先生，先生一边开车一边肯定地说："那是！当然还是结婚好了，爱情太缥缈，虽然浪漫，但没有婚姻那份让人踏踏实实的幸福感。"妹妹说："怪不得男朋友总是提出要和我结婚。"

对于热恋的男女，判断对方是否真爱你的标准很简单，那就是他是否想和你早点儿结婚。没有一个正常人是把婚姻当儿戏的。

其实，人类的生命在历史的长河中就是一朵小小的浪花，转瞬即逝，而天灾人祸、意外的疾病等更是随时可能结束一个人的生命。所以，在婚姻的殿堂中已经牵手的人一定要互相珍惜彼此拥有的缘分，不要总是给对方带来烦恼和压力，一定要学会换位思考，多站到对方的角度去处理问题，不要一意孤行，不要太执着。爱是付出，是理解，是忍让，是包容，是给予，是奉献，是知足，是温暖，是感恩，而不是索取。尽自己所能给对方带来快乐，自己才快乐，何乐而不为呢？让家成为双方一生心灵休憩的最美好的港湾。我觉得，用心来呵护的婚姻即使平凡甚至贫困，也是最幸福的。

列夫·托尔斯泰说过："幸福的家庭都是相似的，不幸的家庭各有各的不幸。"

而这家庭的幸与不幸其实是可以改变的，有的家庭原本很幸福，但是如果彼此不知珍惜，最终一样会变成不幸。不幸福的家庭，如果彼此好好珍惜，感恩对方，学会真诚地自我批评，及时纠正自己错误的言行，让自己变得更完美、更宽容，一样会变成幸福的家庭。

其实，一个人要真正看清和认识到自己的缺点很难很难，我们大多数人都习惯盯着对方的缺点不放，而不愿审视自己的缺点。如果确实发现不了自己的缺点，那么当对方很不满意你的言行，甚至因此而发生矛盾或争执时，就要立刻好好反省、及时改正，别再固执已见。

婚姻不幸的根源是自私和固执，婚前靠的是爱情，婚后过的是德行。幸福的婚姻必是两个人灵魂相吸、以诚相待，然后才能获得真正的幸福。

婚姻就是家的象征，父母总会老去，彻底离开我们，婚姻会让我们有安定的归宿。因此，我们在选择结婚伴侣时，要增进对于彼此性格和品德的了解。

每个人都想改变对方，却不肯改变自己。记得在哪本书上看到一句话，改变别人是愚痴，改变自己是智慧。改变别人不如改变自己。当我们自己的心变得柔软、和善与宽容了，就会无形之中感召对方变得更好。

我想把婚姻中的丈夫比作山，妻子比作水，孩子比作云，那么山水相依，云雾缭绕，自然形成一道最美丽的风景。男人性情如山，壮阔伟岸；女人性情如水，清净柔美。山水相伴，这样的婚姻，自然一生温暖、一生美好。

有的人说，婚姻是爱情的坟墓，我觉得这句话不对，太悲观。如果婚姻是坟墓，我们人类文明发展到今天，为什么芸芸众生都要结婚呢？所以应该说——婚姻是爱情的归宿。

2011 年于北京家中

第四辑　依依亲情

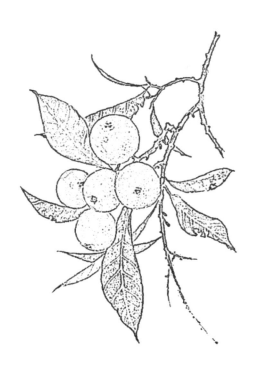

我的母亲

母亲已经六十多岁了，岁月的风霜染白了她的双鬓。她一生养育了我们兄妹七人，父亲的早逝，更让她体味到了生活的艰辛。

母亲二十岁时，便嫁给了父亲。当时父亲刚从师范学校毕业，做了一名教师。母亲说，当年父亲给她的第一印象就是穷人家的孩子，于是缘分加上母亲的爱怜之心使大家闺秀的母亲嫁给了小户人家的父亲。

父亲是长子，那时，每月只领三十多元的工资，其中一半要交给祖父、祖母，经济非常拮据，而贤惠的母亲从未因生活的贫困与父亲争吵过，他们互敬互爱。在这种情况下，母亲还是没有失去对老人的一片孝心。那时，平日里每做点儿好吃的饭菜，她都要盛出满满的一大碗，让我们端着给祖母和叔叔们送去。而最令我感动的是，母亲对祖母的孝敬，在父亲病故后，仍没有丝毫改变，她说："无论老人怎样，毕竟是长辈，做媳妇的只要去孝敬就行了，人老了，不容易。"

母亲很善良，记得我读小学的一年冬天，放学回家，见母亲烙了两张白面油饼，我心里清楚这饼是母亲给父亲做的，我们是吃不上的。母亲说父亲太辛苦了，因父亲不但要教书，还要在工作之余下地干农活，需要吃点儿好的补一补才行。虽然在幼小的我看来母亲比父亲还辛苦，但她却从来都不补身子，尽管她看起来那么瘦弱。那天，我们正等着父亲回来吃饭，突然传来几声狗叫，母亲便和我们来到院子里，只见大门口站着衣衫褴褛的母子俩。我依稀记得那个小男孩还没有我大，那时天色已晚，母亲毫不迟疑地把仅有的两张白面饼给这母子俩吃了，待父亲回来后，知道此事很高兴。父亲和母亲的心是一样善良的，而且在父亲的帮助下，母子俩找到了村干部，村长给他们安排了住处，母亲才安下心来。

母亲心灵手巧，为了节省一点钱供我们生活，她还用围巾裁成裤子，然后用针细细地缝好。母亲做完裤子，我们穿在身上也很得体，直到中学毕业，我们兄妹穿的所有衣裤，包括棉衣、棉鞋全都是母亲一针一线缝的，想想她应该是多么辛苦。她还时常帮助村里的乡亲们裁剪衣裤。记忆中的母亲像是日日夜夜都在忙碌着。永久刻在我记忆深处的一个定格画面，那就是，母亲似乎永远在夜深人静的煤油灯下，坐在炕上缝缝补补。

多年以后，哥哥和嫂子把母亲和妹妹接到城里来，从此母亲算是享福了。哥嫂们都很孝顺，在城里，母亲见到了很多新鲜的事物。得知农村的好多家庭都安装了电话，母亲也很高兴，出生在旧中国的母亲时常说，做梦也没有想到中国会有翻天覆地的变化。

母亲热爱生活，喜爱花草。现在，生活悠闲的她养了许多花草，虽然都是普通的花，但在寒冷的冬季，那充满生机的绿色与美丽的花朵确实给生活增添了很多温馨，让人在冬天里也能感受到春天的温暖。这就是我的母亲。

1998 年

我与父亲的最后一面

无意间，我在抽屉里发现了父亲生前的一张照片，那还是在父亲患病期间，哥哥给拍的，照片颜色是黑白的。手中握着父亲的遗照，我不自觉地又揭开了对父亲那尘封已久的记忆……

父亲去世那年，我只有十多岁，因此我对父亲的记忆随着岁月的流逝及自己年龄的增长，大多给淡忘了。而永久难忘的还是我与父亲的最后一面，那情景，就像是一块高大的岩石，矗立在我心灵的广场上，任何力量都不能将它推开。

记得那是中秋节的前几天，父亲因癌症晚期无法医治而从医院转回家中。

那天，我依旧踏着飘满落叶的乡间小路和同伴们向家里走着，心中却有一种凄寂的感觉。当我一进院门的时候，见大姐倚在房门口处，她含泪告诉我，父亲的病治不好了。

当时，我便感觉父亲恐怕快要死了，我急切地跨进房门，又慢慢地穿过走廊来到父亲住的屋门口，胆怯地推开门，见屋子里站着许多人，墙角处，一张临时搭着的木板床，父亲躺在上面，身上盖着一床被子。

"爸！"我一下子扑到父亲的床头，双手搭在父亲的胸前。

父亲睁开了他那肿得发硬的眼睑，声音有些沙哑地叫了一声我的小名。

"爸——"我把双手放到他那张灰暗的脸上，泪如泉涌。

"别哭，好孩子。"他的表情是极痛苦的，眼睛却在微笑。

"爸——"我难受极了，用袖子抹着抑制不住的泪水，除了喊"爸"这个字以外，竟然不知道再说什么了。

"别哭，听爸的话，你这学期考试了吗？"他说着，费力地抬起他的一只手臂，用力抓住了我的那双小手。

"考过了，考第一，而且我还得了一个日记本。"我哽咽着从书包里拿出那个日记本给父亲看，我知道这对于教了一辈子书的父亲来说，这肯定是最好、最大的安慰。

"好孩子，你小学毕业了，爸还答应给你买个新的漂亮的文具盒，可是现在我也没有给你买，等爸的病好了，一定补给你。"父亲说着竟也哽咽了，泪水从他的眼角溢出来，那是我平生第一次，也是最后一次见父亲哭。

"爸，不用补了，你安心养病，我那个文具盒已经让我妈给修好了，还能用。"我说着抬头望了一眼炕上的母亲，她也在流泪，刹那间，透过模糊的泪水，眼前又浮现出父亲患病前对我无限疼爱与关心的情景……

在我读小学二年级的那年冬天，一个寒冷的早晨，雪下得很大，父亲背起柔弱的我去上学。从学校到我家要走一条两公里的山路，父亲在很厚很深的大雪地里，一步一步艰难地向前跋涉着。他的帽子上挂了好多霜，边走边给我讲雷锋的故事……

想起这一幕，我更加难过地哭起来。

"让你爸爸好好休息一会儿，你先到叔叔家去。"当时不知是谁把我强行从父亲身边拉走，因为父亲已经不能再受刺激了。

后来，我才知道在我痛哭之际，也就是刚被拉走之际，父亲便处于昏迷状态，而那一面竟是我与父亲的最后一面。

第二天清晨，父亲便带着他对亲人的留恋与牵挂，永远地离开了这个世界。

父亲一生养了我们七个儿女，临终前，全家只有我一个人没有在他床前送终，这也是我一生中最大的遗憾！

1996 年深秋

故乡的冬天

我的故乡是一个小镇。我最喜欢的季节是冬季，而故乡的冬天更是我喜欢与难忘的。因为它给人一种沉稳又素净的感觉，寒冷之中，难免夹杂着些许苍凉与萧瑟，但它的粗犷与豪放又给予我一种热爱生命的激情。

我喜欢故乡漫山遍野的白雪，喜欢晶莹剔透的树挂，喜欢倾听车轮压在积雪上的"咯吱咯吱"的声响，更喜欢故乡那种独有的乡俗乡情。

赶集便是故乡人特有的一种购物方式。在农村买东西是不同于城里的，在城里你可以想买就买，但在农村是要定出集日的。一般为逢三六九或一四七、二五八。我们那个小镇的集市日是逢三、六、九。

每到寒假，我们小孩子就有机会随大人们去赶集了。这是我们最快活的日子，因为只有那天，我们才有机会尽情地吃、尽情地玩。

这天又是一个集市日。母亲依旧早早地把饭做好，然后把我从梦中叫醒。

"快起来呀，今天咱们去赶集，坐你黄大爷的车。"

"急什么嘛，天刚刚亮。"我揉着眼睛，望着窗户上厚厚的窗花，"妈，今天外边一定特别冷吧。"

"寒冬腊月，咋能不冷，炉火着起来了，现在暖和多了，快起来吧，小小年纪这么懒。"母亲说着向炉子里又加了木柴。

屋子里开始热了起来。这时，母亲把我的棉袄拿到炉子旁烤了烤，递给我说："快起来吧。"

吃过早饭，母亲穿上她唯一一套冬天穿的外衣。我也穿上干净整洁的新衣服，这是母亲亲手缝制的。

过了好一会儿，黄大爷来了。

"她婶子，收拾好了没有？车该走了。"黄大娘也穿得厚厚的。

"好了，好了。"母亲围上头巾，带我走出房门。外面寒风刺骨，我却一点儿也没感到冷。父亲在世时，母亲是从不赶集的。我家距小镇的集市有六七里路，赶集大都步行去，有时村里哪家赶马车去，大家便都搭车同去。

田野上盖着厚厚的积雪，在阳光的映照下格外刺眼。黄大爷的马车很快来到大路上，车上坐满了乡亲们，大家有说有笑，不知不觉，便来到了集市。

农民们辛苦了一年，手里总算有了一些钱，于是赶集的人也就格外得多。集市上的货物应有尽有，大到牛马，小到针线，琳琅满目，无所不全。人们挑选着自己需要的商品，互相讨价还价。整个集市人头攒动，商贩的吆喝声、孩子们欢快的笑声，以及四轮车的突突声，交相混杂，热闹异常。当大家满载而归的时候，已是下午时分了。

一年中最快乐的日子莫过于春节了。大年初一，精彩的东北大秧歌队便挨家挨户地拜年。秧歌队是农民们自发组织起来的，有年轻的小伙子与姑娘们，还有老人和孩子。他们自己化妆，自己买戏装。乐队伴奏多半是喇叭和大鼓，虽然简单，但却是那样的和谐悦耳。家家户户鞭炮相迎，大人、孩子前呼后拥，给喜庆的节日又增添了一道风采。

现在，随着人们生活水平的不断提高，精神生活也是日新月异。赶集对人们来说可能都习以为常了，但它毕竟给我的童年带来了欢乐和幸福。故乡的冬天，也早已成为我生命中的一个季节，如同灿烂的春花盛开在我的记忆深处。

1999 年

孝　心

中国有句俗语："积善之家，必有余庆。""百善孝为先"，观古今，上到达官富人下到普通百姓，子孙后代长久发达，家庭和谐幸福美满、家道兴旺的必是以孝为前提的。亲爱我，孝何难，亲憎我，孝方贤。作为晚辈，真的孝心是要无怨无悔、无私奉献的。

孝敬老人的方式有很多，老年人最需要的不仅仅是金钱和物质，还有儿女对他们的那份最真切的关怀。

母亲有段日子身体欠佳，工作之余，我却一头钻进书里，忽视了母亲。随着母亲病情的好转，她却越来越寂寞，尤其是她不能到户外活动，又不会读书看报，更增加了她的寂寞之情。

倒是平时粗心的妹妹发觉到这一点。妹妹性格直爽，一日，她下班回来，抱回两只可爱的小猫，一只是纯白色的，一只是黑白相间的。她一进门便喊："妈，看我给你带回什么啦？"母亲见妹妹怀里捧着两只小猫，高兴得合不拢嘴，因为一向善良的母亲是那样爱惜每一个小生命。妹妹接着说："从此以后，你就不再孤单了，这两只小猫可以陪你玩了，我记得小时候在农村，你就特别喜欢猫，这两只猫可要比你在农村养的狸猫可爱、贵重多了。"

"还是我老姑娘孝顺！"母亲亲昵地看着妹妹手里抚摸着的那两只小猫，对它们的喜欢已不言而喻了。

然而，两只猫的饮食起居与人类相似，还要定时给它们洗澡，它们又太淘气，把屋子弄得不洁净起来，甚至有些异味，城里住楼房养动物和农村远不可比。农村养的动物都还是以大自然为主要生活空间。我曾含蓄地表示，希望母亲把它们送人，母亲自然舍不得。我们做医生的，大都由于职业缘故有点洁癖，我也不例外。何况我又是那种从小就有洁癖的人，所以在我实在无法忍受的情况下，我向妹妹提出把它们送人的事。不料，一向比较尊重我的妹妹突然大声开口对我说："噢，你知道在你孤单的时候看看书、听听音乐，寻求什么精神生活或寄托，难道妈就不需要了吗？你工作之余又很少坐下来陪她聊天，况且自从家里有了这两只小猫，你难道没发现妈的精神明显好转吗？既然你那么孝顺，就应该帮助妈妈侍养她唯一喜欢的这两只小猫！"她似乎觉得说以上这些话份量还不够，又重重地加了一句："要我把这两只小猫卖掉或送人，妄想！"

我无言以对。

第二天，夜幕降临后，哥哥才捧着两瓶空气清新剂和一大瓶花露水回来。进门后，他不声不响地从客厅到卧室喷了起来。我忽然感觉很惭愧，原来哥哥也受不了这种气味，但是他从未说过什么，在我的记忆里，哥哥们从未与母亲顶过一句嘴，这是我一直特别敬重哥哥们的原因，也是我作为女儿惭愧的原因。趁哥哥喷清新剂之时，我来到阳台上，仰望着美丽的星空，一种深切的感觉涌上了心头。

孝心是什么呢？也许就像这永恒的星光一样，时时刻刻都在我们每一个儿女的心中闪耀着。

1996 年冬

亲　情

世上有几种情最值得我们去珍惜，那就是亲情、友情、爱情，以及师生情。而亲情，从小到大一直围绕在我的身边，让我们的人生永远温暖。

一次，我去姐姐家看望她的孩子。刚一进门，姐姐的孩子便欢快地张着两只小手挣脱姐姐，扑到我的怀中，紧紧搂着我的脖子，嘴里亲切地叫着他刚刚能说清楚的两个字——"三姨"。抱着刚满一岁半的宝宝，我感慨万分，这就是人间最真的亲情。

姐姐笑着对我说："也不知这孩子为啥对你这样亲。"

"这就是血缘亲情的最好体现吧！"我说。

"昨天下午我把你姐夫照片拿给他看，他看着看着不禁放声大哭，把照片捧到怀里，嘴里念叨着'爸爸，爸爸'，弄得我都有些难过了。"

"他多长时间没见到他爸爸了？"我不禁笑问。

"还不到半个月，这孩子，我问他是不是想爸爸了，他拍着胸脯说'这想，这想'，弄得我哭笑不得。"姐姐抚摸着宝宝说，"你姐夫若是知道了，肯定高兴得不得了。"

"这孩子刚刚学会说话，不能用丰富的语言来表达他的心情，只能用哭声来表达他的思念之情了。"我不无感慨地说。

此时我面对沉浸在幸福家庭中的姐姐，心里不禁涌动着一股暖流。记得在读初中时，我们俩穿着一样的衣服，梳着一样的发型，许多人都以为我们是双胞胎。我和姐姐很少闹矛盾，白天我们一起上学，晚上又习惯性地睡在一个被窝里，随着岁月的流逝，这种姐妹情愈加强烈了。每每面对眼角已出现皱纹的姐姐，内心对悄然而逝的岁月便生出几分恐惧来。它无形中会让每一个美少女不知不觉变成一个老奶奶，一想到这些，我便更珍惜生活中的每一天，珍惜现在所拥有的亲情。

记得那天我与男友并肩走在街上，我忽然问他："你说亲情和爱情究竟有什么区别？"

"爱情可以割舍，但亲情却永远不能割舍。"

"是不是因为亲情有血缘关系，而爱情没有呢？"我有些怅然。

"应该是吧。"他真诚地说。

"可是，真挚的爱情却可以胜过亲情啊！亲情永远比爱情真实，可是爱情在最真最美的时候可以跨越生死，亲情却不一定能够。"

"这个道理我也知道，爱情有时能让人做出超越亲情的事，但总体来说亲情是无私的，而爱情是自私的。"

我知道了，也许亲情永远都不会像爱情那样美丽动人，但它却是人世间最永恒的感情。

1998 年

妹　妹

妹妹是我们兄妹当中最小的一个，父母格外宠爱她。哥哥、姐姐也极谦让她，因此到父亲去世那年，妹妹在读小学，也就完全养成了一个男孩子的性格。直到现在，已经二十多岁了，依然如故。

记得有一次，我和姐姐带着她一同出去逛街。从商场出来，在回来的路上，她大说大笑，惹得路上的行人忍不住回头看她。姐姐和我不约而同地互相对视，"你说话的声音小一点儿好不好？"姐姐柔声细语对她说，我连忙也说她一句："你没发现路上好多人都回头看你，多丢人呢。"我刚说完，妹妹又开始朗声大笑起来，以致于笑得不能前行。

"以后，再也不和她一起出来逛街啦，让路人笑话。"姐姐无奈地对我小声说。

"我也是这么想的，她怎么会这样！"我小声对姐姐说，这时我们俩已走在了妹妹的前头。

妹妹笑够了，几步窜到我们面前，把脸转向我们："我倒要看看你们文化人的淑女形象。若不是看在你们是我姐姐的份上，我还懒得与你们逛街呢！陪你们逛了一上午，已经够给你们面子啦。"

"你说都二十几岁的人了，怎么还像个小孩子似的。"姐姐认真地对她说。

"就是嘛，人家问我多大？我说十七，人家说我胡说，说我不过十四五岁。"

"整天只知道玩，脑子里不装事。"我说。

"要不说呢，这书读多了不是什么好事，我可不像你们思想复杂，考虑事情长远，什么人无远虑必有近忧？我看那是杞人忧天，自寻烦恼。我是活一天，快乐一天。有什么不好？"妹妹这时止住了笑，说起了她的人生观。

"我不和你理论了，说不过你。"我说，但我不得不佩服她乐观的人生态度。她的快乐确实总是能感染家人，她幽默风趣，朋友很多，大家都说和她在一起很快乐。也正因为她如此的性格，才有了那次"路见不平、拔刀相助"的壮举。

一次，妹妹路过一个馒头铺，一个乞丐正在可怜兮兮地向摊主要馒头，摊主不给，妹妹便拿出了《水浒传》里李逵的风范。

"大哥，你每天成百上千地卖馒头，给他一个，能影响你的生意呀？"妹妹把自行车停在旁边。

"天天有要馒头的，我还天天给呀。"摊主一边忙着，一边对妹妹说，"小兄弟，你别多管闲事了。"

"可是，你就一点儿同情心都没有吗？"妹妹理直气壮地说。

"既然你看他可怜，你给他呀。"摊主不以为然地说。

"给就给，我不相信给他们几个馒头，还能把我饿死？"妹妹说着掏出钱，买了四个，然后递给那个乞丐。乞丐感动得连连给妹妹敬礼，说着谢谢、谢谢。

"不用谢了，快走吧！"妹妹骑上自行车飞快地走了。她骑自行车的速度之快，用朋友的话形容是："当你感觉有一阵风从身边吹过的时候，她的背影已在你的视线里模糊了"。

母亲说我们兄妹几个，只有妹妹最让她操心。妹妹没考上大学，初中毕业，只能找临时工作。可她却不以为然，她说这样也好，想干什么工作就干什么工作，只要肯努力，一样可以赚钱，饿不死人。这不，这个月的工资又交给了母亲。

"妈，这个月的工资带奖金都给你吧。"

"这点儿钱，你自己留着用吧！"

"现在是少，等将来我有成就那天给你的就多了。"

"像你这样的人能有什么成就？"母亲微笑着说。

"妈，你这想法就不对了，你也不要小看我，我没考上大学，不等于我将来没出息呀！那些有钱的人，事业成功的人并不都是大学毕业的人。"

"行了吧，以后除了两百元生活费，剩下的自己留着用吧。我不指望花你的钱，三天两头又要了回去。"

"妈，我是要回去几次，可我也声明是向您借的，日后我有成就的那一天，一同还您。"

"光有钱也不行，主要是做一个好人才不枉活一回。"母亲认真地说。

"我知道，对了，妈，我有一个朋友，明天过生日，你还得借我几十元，我准备给她买一个生日礼物。"

"刚把钱交给我，转眼间又来要，这样吧，我留下二百元，剩下的那点儿你都拿去吧。"母亲把钱递给她。

"不用那么多，只拿三十元就够了，礼轻情意重，你不要小看我这些朋友，她们没少帮过我，我不能忘恩负义呀！"妹妹拿了三十元钱，给了母亲一个飞吻，便一溜烟地跑了。

这就是我的妹妹，让人无奈，又让人欢喜。

1997 年

悼念母亲

我几乎无法用笔形容母亲去世后的这份悲恸的心情。学生时代读过的汪国真的《母亲的爱》这首诗，我依然记忆犹新：

母亲的爱

我们也爱母亲

却和母亲爱我们不一样

我们的爱是溪流

母亲的爱是海洋

芨芨草上的露珠

又圆又亮

那是太阳给予的光芒

四月的日子

半是烂漫 半是辉煌

那是春风走过的地方

我们的欢乐

是母亲脸上的微笑

我们的痛苦

是母亲眼里深深的忧伤

我们可以走得很远很远

却总也走不出

母亲心灵的广场

  这是对每一位母亲的爱最贴切的表白，至今我依然不能忘怀。现实生活中的我们，包括每一位自认有孝心的儿女，有谁像母亲爱我们一样来爱我们的母亲呢？特别是成家之后忙于生活和工作的儿女们，往往更容易忽略对母亲的关心。

  我考上医学院校之后就一直与母亲异地分居，婚后更是如此，我婚后第三年母亲去世。这期间我更是忽略了母亲，而把过多的精力放到了工作、爱人和孩子身上，很少去看望她，甚至电话也很少打，心想只要她平安健康就行了。我以为她还不够老，甚至从未想过她会有去世的那一天。

  每年休假回到母亲身边，偶尔还因为某些问题与她争论，而且当时一点儿也不觉得惭愧。我偶尔也坐下来和她聊聊天，但母亲年龄大了难免唠叨，有时我心里觉得她唠叨得有些烦，就借故走开。唉！现在回想起来，我实在是一个很不孝顺的女儿，如果九泉之下的母亲能够原谅我的不孝，我可能会心安一些！

其实，母亲在我心中是很完美的，我曾写过《我的母亲》这篇文章，因为母亲在我心中是很伟大的，她宽容、博爱、勤劳、善良，思想高尚，通情达理，气质优雅。

母亲的善良终还是给她带来好报，她曾经吃过太多苦，又不注意保养，身体不是很好，但按医生的标准，母亲可以说多活了十年。母亲还有三个特别孝顺的儿媳，我曾对母亲说，这是上天对她善良的回报。

母亲去世那一天，正值深冬腊月，巧的是她的灵车刚刚抵达父亲的墓地，天上就开始飘下了雪花，大家离开墓地时，大雪已经在漫天飞舞了。当时我的心里特别安慰，真的是母亲的善良感动了上天吗？还是如此的巧合，在灵车到达墓地的前一分钟，还没有一片雪花飘落下来啊！是天公撒下了无数洁白的雪花为母亲送行，让母亲在纷飞的白雪里去往另一个世界与父亲团聚。当时，我心中万分感慨，听老人们说，按照中国民间的习俗来讲，安葬老人下雪是好兆头。

烧"五七"那天，按照中国民间习俗，做儿女的必须去烧"纸钱"，那天我们兄妹们去了母亲的坟地，烧给母亲"一车"的"纸钱"。我当时万分心痛，却没有流下一滴眼泪，回来之后，二嫂责怪我："你是怎么想的，妈刚去世才一个多月，你到坟前却没哭一声，我和你三嫂都差点儿哭出声来，特别是烧'五七'，做女儿的要哭几声才好。"

我无语，唉！人伤心到极点可能就没有什么眼泪了，我知道哭也无用，不能让母亲重生。其实，自母亲去世后，我时常夜不能寐，想起母亲，想到心酸处便暗自垂泪，虽然说"生老病死，人之常情"，可是当亲人与我们生死离别时，那是一种人生最大的悲伤与苦痛，不是轻易就能从悲痛中解脱出来的。人生无常，意外的疾病，突然的事故，随时可能结束一个人的生命。因此希望那些和我心态类似的儿女们一定要好好珍惜父母健在的日子！一定要及时行孝，在物质和精神上尽最大努力孝敬老人，这样，待父母离我们而去时，我们不至于后悔遗憾，也无须捶胸顿足，只需默默地祝福他们去往另一个世界，一路走好。

每次回故乡，我总是带着一份无法言喻的心情，务必去母亲坟前一次才安心，可这又有什么意义呢？不过给自己的心灵平添些自我安慰罢了！

我与母亲的最后一面还是在她去世前十个月，而她临终前全家老小十几口人，仅有我没有在床前送终。当年父亲临终前，唯一没有在床前送终的也是我，我不知这是不是上天对我不孝的惩罚！

唉！回想起母亲辛劳的一生，回想起我曾对母亲的种种"恶劣"的态度，心痛不已！

人生不仅是苦短，还有可怕的无常，早上见到的人，晚上可能再也见不到。今天你最爱的人，明天还会在吗？爱的人爱的时间不够，如清晨的霞光，厌的人没有时间去厌，如黄昏的夕阳，人生属于我们的仅仅是当下的感受，所以要珍惜，要知足，要放下。

记得我读过这样一段小故事：从前，美丽的少妇生了一个聪明可爱的儿子，在他刚两岁左右学会走路的时候因病夭折了，少妇无法接受这个现实，痛苦不已，她几乎快疯了，抱着死去的孩子到处寻求神药妙方，企图让孩子起死回生，但没有人能做到。最后有人介绍她去找释迦牟尼佛，说佛陀有世上最好的药，或许能救活他的儿子。于是她跑去求佛陀，乞求佛陀救活她的孩子，释迦牟尼告诉她救活她儿子的唯一办法，是让她必须先去要一些芥菜种子来，这些芥菜子必须来自没有任何亲人死亡的人家，少妇挨家挨户地问，问了上百家，发现任何一家都有过亲人去世。她历经千辛万苦，终于悟出有生必有死的道理，最终回到了佛陀面前说："芥菜子几乎家家都有，却找不到没死过人的家庭。"通过这件事，释加牟尼佛让少妇领悟了人都要死的这一残酷现实。几乎每一个人都要承受这份痛苦，只是她的儿子死得太早，人生的过程还没开始就已结束。

我想：这个小故事确实让人伤感，但也让读者领悟到了人生的一些真谛吧！愿母亲在九泉之下安息。

2008 年

城里的孩子

我与先生从小在农村长大，婚后在城里定居，我们的孩子自然而然地成了城里的孩子。但我总是觉得，我与先生把从小在农村养成的一些生活习性不自觉地传给了他。其实，刚开始他会走路时，我是照顾得很仔细的。他很淘气，更喜欢在外面玩耍，我每天最多曾给他洗过六次澡，每日不知给他洗多少次手，衣服脏了立即脱下来换干净的。儿子两岁以前，白天几乎没午睡过，夜里我至少起来两次以上给他喂奶粉。这样的日子，不到一年就把我累得筋疲力尽。我的身体因此日渐消瘦、憔悴不堪，所以后来，我照顾他越来越粗心。

三岁前他的衣服也不像城里孩子那样时刻保持整洁，五岁前后，每天晚饭后他都是自己下楼玩。结果，孩子的身体反而变得越来越好，至少他以前经常腹泻的毛病几乎没有了，感冒发烧更是很少发生，也不像其他孩子那样时时刻刻依恋父母，见了什么人都不惧怕。我曾一度为自己是一个不合格的母亲而自责，但后来又觉得对他的粗心从某些角度讲也是好事，这样也勉强给了自己一点儿安慰。

儿子五岁那年春节，我带他回先生的江苏老家。在农村，见到了先生堂弟的孩子，四岁，也是男孩，肤色黑里透红，结实又健壮，生龙活虎，很是招人喜欢，他比我儿子矮一头。婆婆喜滋滋地向这个小家伙介绍我儿子，说："这是你的小哥哥，城里的孩子，从北京来的，你们要好好玩。"婆婆的话音刚落，小家伙看了我儿子一眼，说："城里孩子有什么了不起？"说完，一个箭步冲上来，一个突然袭击，把我儿子搂住又很轻松地撂倒在地，等大家把他拽开，我儿子从地上爬起来说："小弟弟，你真是厉害，我服你。"大家都开心地笑了。之后两个孩子才开始一起玩耍。

我觉得小家伙说得很对，城里孩子有什么了不起？其实我儿子身体的素质，在城里还算是结实的孩子，可是和农村孩子比，还是有差距。

也许是我从小在农村长大的缘故，我觉得农村孩子的童年是最快乐的。他们生活在大自然当中，没有高楼大厦的局限，没有房屋装潢材料的污染，没有汽车尾气的"熏陶"，上下学自己走路，从小就养成了吃苦耐劳的好习惯。虽然玩具少了点儿，见识少了点儿，生活条件可能相对稍差了一点儿，但是，农村的广阔天地及五谷杂粮的养育，让他们从小就有了一个健康的体魄。在大自然中尽情地玩耍，无拘无束地快乐成长，没有城里孩子各种课后班的苦恼和压力。随着我国人民生活水平的不断提高，党和政府对农村的优惠政策使得农村人的生活水平也越来越好，所以现在大多数农村孩子应该说是幸福的、快乐的。

即使条件贫困的，考上大学后，政府也会提供贷款圆农村孩子的大学梦。我堂叔家的妹妹当年就是上大学后贷款完成学业的。现在工作在上海，并在上海安家落户，生活很幸福。

我曾问过农村姑姑家的表哥与姨母家的表弟，他们都觉得现在日子过得很幸福，如果现在让他们选择在城里上班，每天都早出晚归，每月固定几千元的收入，他们并不愿意。他们认为城里生活虽然好一点儿，但是他们不想过这种一年四季都没有"自由"的生活，而且他们认为城里人缺少农村那种浓浓的"乡情味儿"，一个楼道里的人可能都不认识，他们受不了城里这种邻里之间不相往来的封闭式生活。我问他们为什么希望孩子考大学到城里，他们说毕竟城里生活的质量比农村好，他们的观点不代表孩子的观点，如果孩子愿意考大学就让他们读，如果孩子不愿意学习，也绝不逼迫孩子。如果孩子考不上好大学又能力有限，在城里生活比在农村还要艰难，何苦呢！他们说的话不无道理。

人的一生，还是要顺其自然为好，在力所能及的情况下，无论城里孩子还是农村孩子，首先要让孩子从小就有一个健康的身心，才能有健康快乐的生活。很多家长都忽视了这一点，一味地要求孩子成绩达优，甚至强迫孩子在某些方面定要依大人的意志行事，如果孩子不依从就要惩罚。

现在的生活中，仍然有不少孩子在家长独断专行且自以为是的爱中承受着心灵上痛苦的煎熬。如前几天在网上看到某地一群孩子在一家奥数班从楼上扔纸飞机求救，说父母逼迫他们来这里学习奥数，他们根本就不想学。当然，所有父母的本意都是爱孩子的，都希望将来孩子幸福，才做出很多无奈之举，但是他们却忽略了孩子的兴趣爱好和心灵的承受能力。其实不是所有的孩子都有学奥数或音乐的天分的，也不是所有孩子学了奥数就能提高成绩的，最关键的是看孩子的态度和兴趣。如果孩子强烈拒绝，明显不感兴趣或学了也成绩不佳，这种情况就不要逼迫孩子去学，可以尊重孩子的选择，学习其他感兴趣的东西，这样对孩子成长应该是更有益的。

2011 年

童真的儿子

孩子八岁时，我与先生结婚纪念日这天，我们在饭桌上边吃边聊，感慨婚后近十年来的艰辛与幸福。

我与先生不约而同地让小家伙说句祝福的话，他微笑着，沉默了片刻，最后语出惊人："祝你们俩不求同年同月同日生，但求同年同月同日死。"

我与先生对视无语，哭笑不得，我问孩子："为什么？"

他说："这难道不是你俩共同的心愿吗？你俩那么好。"

我说："我俩怎么好了？"

他说："你看啊，妈妈你无论买什么东西，多贵的东西，爸爸都心甘情愿，从不说你。爸爸呢？下班回家，什么家务活都不做，连袜子都是妈妈洗，可妈妈从来不生气。可是我要多买一个几百元的乐高玩具爸爸坚决不允许，这足够说明问题了吧？"

我与先生一边对视、一边无语，我赶紧给他摆事实讲道理，告诉他爸爸不给他买那么多乐高玩具的理由。

每年暑假，公公婆婆都会带着先生弟弟的女儿来京与我们团聚一个月，每年春节我们都坚持带孩子一起回老家陪老人和家人们过年。尽管我一再言传身教，让孩子有感恩的心，孝敬老人的心，可是现实生活中，公公婆婆一进家门，老人和孩子之间就会有些小插曲。有一次，我用自己的年终奖给婆婆买了个金手镯，又把母亲留给我的一个玉蟾戒指送给了婆婆，儿子看在眼里，记在心上。一日，好友送我两个佛珠手串，图个吉利，我回到家里，一个给公公戴上，一个给婆婆戴上。两位老人很开心。

第二天，我下班回来，婆婆早已做好了饭菜，她微笑着偷偷拉我的手到厨房，又连忙把门关好。我觉得老人可能有事要和我说，连忙主动问："妈，有事儿吗？"

婆婆伸出右胳膊，止不住大笑着对我说："你看，我的佛珠手串被小家伙生气地给抢走了。"

我先是大惊："啊？不应该啊，您大孙子平时很懂事的啊！"又连忙平静下来，微笑着对婆婆说："过会儿，我问问他，他这么做，肯定是有原因的。"

婆婆边笑边说："他说了，奶奶，你看你，我妈给你买金手镯、玉戒指，买吃的、穿的，你还好意思再要这手串吗？说着硬是从我手腕上抢下去了。"婆婆说完，又哈哈大笑，我也忍俊不禁。看他像是长大了、懂事了，小孩毕竟是小孩呀！

"今天和他小妹妹闹矛盾了没有？"我问。

"闹了，过了一会儿就好了。"婆婆笑着说。

之后，我把儿子叫过来，心平气和地批评教育了他，最后让他向奶奶道歉。他诚恳地道了歉，我对他说："你要尊老爱幼，有一颗感恩的心，《弟子规》的开头就是'首孝悌'呀，再说了，奶奶可是爸爸的亲生妈妈，如果没有奶奶就没有你的好爸爸，就没有我们这个幸福的家，更不会有你。"

他小声回应我说："那不见得，我是从你肚子里生出来的，与奶奶有何相干？再说你和别的男人也一样可以生出我来呀！"

听了孩子如此天真的话，我又哭笑不得，一时又无语，就更能理解他之前对奶奶看似不懂事的言行了。接着我又向他解释了一番。

过后，我私下里问他："你为什么不喜欢奶奶？"

他说："奶奶太偏心了，她对妹妹比对我好，无论吃什么都先问妹妹，先给妹妹。"

"噢，原来是这样，我说么，事出总是有因的。其实，奶奶没错，妹妹小，从小又失去了爸爸，奶奶亲手把她带大，那肯定是要更关心她才对，而且，妹妹平日也很懂事，从不惹奶奶生气，而你又是怎么做的呢？"我又耐心地解释。

"可是，自从爷爷奶奶他们来了，你对我也不好了呀，你天天下班回来先抱妹妹，又给她买玩具、买衣服，却什么都不给我买。我和妹妹吵架了，你每次总是批评我，难道她就一点儿没错？我看她就是披着羊皮的狼！"他带着委屈的表情，夸张地说着妹妹的缺点。

"哦，原来是这样，其实，你用披着羊皮的狼来形容妹妹有些言重了，你这叫嫉妒，知道吗？说真心话，妈妈还从来没见过像你妹妹这个年龄，却和你妹妹一样懂事的小女孩呢。所以大家才这样喜欢她，这是不能否定的事实。当然她有缺点也是正常的呀，是人就有缺点，何况她还是个小孩儿，你不能夸大事实，也不能无事生非，你作为哥哥，又是小男子汉，要呵护她才对呀！从小做人就要心胸宽广、大气，长大后才能干大事，为社会做贡献。我一直让你读《弟子规》，按圣人的教诲来做人做事。可目前你还是理解不了《弟子规》的内涵，所以你才如此烦恼。你希望妈妈做一个自私的人呢，还是希望妈妈做一个善良、宽容、大度、不自私的人呢？"

"我希望妈妈做一个善良的不自私的人，但是那也不能对我和他们不一样啊！"孩子说着竟然委屈地流下了泪水。

"那我以后对你也再好些，你应该明白妈妈内心是很爱你的，你对他们也要好些，好吧？其实我们都是一家人，只不过爷爷奶奶为了照顾妹妹，才来北京家里少些。妈妈知道你一直是个很懂事的好孩子，其实咱家亲友们私下里都夸你懂事、有礼貌呢。我作为妈妈，实际是个很粗心的妈妈也不合格，忽略了你幼小心灵的感受，妈妈也确实有做得不好的地方，从小就对你关心不够，以后一定改正。我总以为你长大了，把你当成大人来要求对待是我的错，其实你还是个小孩儿。"我抚摸着他的头，忽然感觉有些惭愧，责怪自己总是把成人的道德标准强加给孩子，总想让仅几岁的孩子和我们大人思想步调行为一致，这怎么可能？每个孩子成熟的年龄是不同的。

"就是。"孩子终于露出了笑容。

其实，儿子的本性很善良，每次在大街上，只要他碰到那些乞讨或卖艺的人，无论老幼，儿子务必要伸手向我要钱给他们，一个都不会错过，我从来都是高兴地给他点儿小零钱，他再把钱给乞丐。朋友好心提醒我说，你不能这样让孩子不分真假地去行善，长大后孩子就会不懂得分辨，这样可能会让孩子上当受骗，或者好心做错事。我完全能接受好友对我的好心相劝。不过，我觉得，那些人是不是真正的乞丐不重要，重要的是我的孩子那颗天性善良的心是真的，对我来说就足够了。善良是一个人最最珍贵的品德。长大成人后，我相信孩子自会去智慧行善，自会有他自己的人生观与处事之道。

回过头来，我想起自己本就是一个童真的人，那么我又有何理由要求儿子像大人一样成熟懂事？童年的他若要真的如同大人一样成熟懂事，是不是有点儿悲哀了呢？

我忽然理解了他，一个幼稚的、可爱的、调皮的、单纯的、善良的、成长中的小男孩！

2012 年

天　国

一日，妹妹在饭桌上给大家出了一个脑筋急转弯。她说："你们知不知道人们最不爱去的国家是哪一个？"

大家好像只顾享受美味，没有人回答。母亲答不出来，哥哥想了想，最后还是摇了摇头。

"三姐，你应该知道的吧？"妹妹习惯把我这个愚人当作智慧的象征，在妹妹眼里，我这个医生是个有大学问的人。

"这么久了，你还不了解我吗？脑袋有时还不如没读过书的人灵活，别说什么脑筋急转弯，就是普通的谜语也会把我难得头疼，所以别希望我能答出来。"

"唉，随便说一个也行啊！"妹妹依然对我抱有期望。

"那么就是伊拉克，因为那里时常就有战争发生，小时候，在广播电视里就熟悉了这个国家的名字，人们都爱好和平呀！"我认真地回答。

"唉，其实挺简单的，什么一拉克，二拉克，就是天国呀！"妹妹没有上过大学，仅初中毕业，头脑却比我灵活得多。

"天国不就是人们常说的天堂吗？有什么不好，人们在死之前都渴望死后灵魂升入天堂呢！你这道题出得不正确。"

"怎么不正确呢？我是指活着的人，如果现在要某一个人死，去天国，他肯定不去。"妹妹肯定地说。

"我看不尽然，那些极力想自杀的人，恨不得立即死掉去天国呢！"

"我看你有点儿偏激了，我的前提必须是一个正常人嘛！"

"那也不对，如果现在能保证死后我的灵魂真的能去天国，那我就想去，看一看天国到底是个什么样子。读《红楼梦》，里面可是比人世间好无数倍。林黛玉前世就是天国里的绛珠仙草啊。电视剧里天国的画面太美了。"

"三姐，那是小说，可现在，你愿意抛开生命中的一切死掉吗？包括妈和我们，你舍得？"

"不太愿意，我还舍不得你们！"我真诚地说。

"那就对了，说来说去你还是不愿意立刻就去天国。"

母亲见我与妹妹说个没完没了，便插嘴说道："年纪轻轻的总说什么死不死的？说些别的不行吗？"

我与妹妹同时看了母亲一眼，之后又相互使了个眼色，便自觉地转移了话题。事后一想到天国，便禁不住联想到生命的脆弱与短暂。

　　我想，天国再好，毕竟是无形缥缈的世界。想来想去，人还是应该面对现实得好，在幸与不幸中体现着自己的人生价值，踏踏实实把这一生过完，这才是最真实的。

1999 年

幸　福

什么是幸福？其实幸福就在我们身边，而不是在遥远的那一边。对于幸福的感受，不同的人有不同的看法。追求不同，感觉也不一样。事业成功是一种幸福；发家致富是一种幸福；家庭和睦是一种幸福；知足常乐是一种幸福；拥有正确的信仰是一种幸福；两情相悦是一种幸福。其实人生最大的幸福莫过于健康平安身心自在。

无论男人还是女人，幸福无非来自两方面，一方面是事业或工作，一方面是家庭或情感。

事业看似不是很成功的人，如果家庭幸福，那么他依然会感受到平凡生活的幸福；事业看似很成功的人，如果家庭不幸福，他依然会缺少幸福感。

对于成功，不同的人又有不同的看法。许多人，以考上好大学为成功的标志，把富或贵作为评价一个人成功的标准。我认为真正成功的人在各行各业最平凡的岗位上到处可见，身心健康，积极向上，自己活得踏实快乐安心，给周围的人都能带来快乐，同时尽自己所能在自己的岗位上体现人生价值，给社会和国家带来利益就是成功！

无论生活在哪个国家，普通百姓还是最多的。普通百姓的幸福大多体现在家庭的和睦。中国有句俗语"家和万事兴"，充分说明家庭幸福的重要。

哥哥曾几次对我说："看你将来怎么样，现在你们姐妹几个，你二姐是最幸福的了。他们家老少三代，四口之家，和和美美，是典型的幸福家庭，真让人羡慕。"

我点头默认。二姐是工薪阶层。她善良、朴实、勤劳、贤慧，又寡言少语，现在已为人妻、为人母的她，做起事来更是有条有理。姐夫也是工薪阶层，他是一个好丈夫，也是一个孝子。姐夫的母亲已七十高龄，一直生活在农村。直到姐夫与姐姐成婚以后，被姐姐接到城里来定居。对婆婆，姐姐多年来一直像对自己的母亲一样孝顺。

一天，我又去看淘气的宝宝，见老人躺在床上，有些不舒服的样子。

"大娘，你不舒服吗？"我忙问。

老人坐起来了说："没啥大事儿，就是有点儿胃疼。"

"吃点儿胃药，年纪大了，应该多珍重自己。"我说。

"刚刚吃过，你二姐给我买的，现在感觉好多了。"

"都怪你姐夫，让他气的。"姐姐看了婆婆一眼，微笑着对我说。

后来我才知道，姐夫因性急，说话语气重了一些，老人不免生起气来，当时姐姐还批评了姐夫一顿。最后经姐姐劝解和安慰，老人终于原谅了态度"恶劣"的儿子。

"妈，你儿子就是那急脾气，除了脾气有点急这个缺点，其他优点还是很多的。你又不是不知道，这些年来，我不也时常受点儿小委屈吗？但他确实挺孝敬你的，你可不能因他一时的急躁和你这唯一的宝贝儿子真生气啊！"姐姐笑呵呵地劝她的婆婆。

大娘说："理儿倒是那个理儿，可有话好好说，何必那样态度，我看，有个好儿子不如有个好媳妇，燕啊，说真心话，若不看在你对我这么好这么孝顺，我早就回老家去了。"

"妈，别说你儿子，就是我也不会让你回老家呀，一辈子吃了这么多苦，也该享享晚福了。你如果回老家，宝宝都不同意了。不信你问宝宝，他肯定不愿让你走啊！"姐姐微笑着对婆婆说。

老人就问宝宝，奶奶要走了，让不让奶奶走？宝宝使劲摇着小脑袋，连说"不让奶奶走、不让奶奶走"，然后主动扑到奶奶怀里。老人的气一下子烟消云散了。乐得合不拢嘴地把她亲自带大的、刚会说话的宝贝孙子抱到怀里。

我在一旁，亲身感受着这融洽和谐美好的家庭气氛，不由得笑了。姐姐幸福的婚姻和工作是她自己无私奉献换来的，她是三甲医院里一名最普通的护士，工作中对所有患者如亲人，对同事如兄弟姐妹，对领导恭敬。家里家外从来都是多年如一日，柔和待人，善良、勤劳、贤德、俭朴、安忍、肯吃亏。家里家外都干得井井有条。工作再忙再累，也很难听到她有一句唠叨不满的情绪。真是我未来学习的榜样。

毫不夸张，从小到大，我真没见过比姐姐性格还好的女人，婚前婚后，我没有见过她对任何人抱怨不满生气过。她生活积极努力又知足常乐，懂得珍惜和感恩。这应该是她家庭幸福、事业顺心、生活快乐的根本原因。

其实，幸福时时就在我们身边，亲情、友情、真情，就在我们平凡而不能再平凡的生活里，温暖着我们每一个善良又懂得珍惜感恩的人。

1997 年

挖野菜

北方的春天总是来得较迟。这是一个春风和煦的日子，正值"五一"国际劳动节，全国人民都沉浸在节日的气氛里，我也决定到农村去放松一下自己。

汽车行了一个小时，才到达舅舅家居住的小镇。中午，舅妈做了一顿丰盛的午餐，饭后我便迫不及待地与小表弟庆磊，拎着篮子向小镇后边的田野里走去。

阳光暖洋洋地照耀着大地。田野里农民种下的种子还没有发芽，路边及田埂上刚刚发芽的小草，嫩绿嫩绿地点缀着空旷的原野，看着眼前的景象，我的心情舒畅极了。

"姐姐，我们到那条小溪附近的树林旁去挖吧！前几天，我就在那里挖了好多。"庆磊对我说。

"好的。"我说着，望了望远处刚刚展开叶子的小树林。

"可是，走到那里有大概二里的路，你能走得动吗？"

"没问题，不要忘了我也是在农村长大的呀！况且，我小时候可是挖野菜高手呢！"

"是吗？真没看出来。姐姐，城里有卖野菜的吧？"

"有啊！蒲公英与小蒜头这两种野菜都有！"

"我知道你为什么不在城里买，而跑到农村野地里来自己挖菜。"

"你说说看，为什么？"

"其实，你不是为了节省那点儿钱，而是为了亲自动手，找回从前的那份感觉。"

"你真的是太聪明了。"我笑着拍了拍他的肩膀。

我们慢慢地走在田间小路上，我又问他："那你说，我的那份感觉是什么样的呢？"

"当然是感受大自然的这份美好！阳光、小草、田野、小溪，还有靠你自己劳动得来的果实。"

"不愧是三好学生！"我高兴地说。

庆磊听了我的话，高兴地笑了。

最终，我们挖了很多野菜。在清澈的小溪边，我们把手洗干净。

回来的路上，我的心里充满无以言表的愉悦。农村的田野驱除了长久以来城市生活的那份喧嚣与紧张，柔和的春风吹在我的面颊上，看着菜篮子里的野菜以及身边充满朝气、可爱至极的小表弟，我心中涌起了对自己童年时代最美好的回忆。

2000 年

第五辑　友爱之暖

朋　友

有人说，朋友一生无需太多，最最真心的只有一个即可。仅要有一个，我认为那必是知己。中国有句俗语：黄金万两容易得，人间知己最难寻。这不是简单意义上的朋友了，像钟子期和俞伯牙这样初见就灵魂共鸣的知己，毕竟罕见。我很幸运，我最真心的朋友不止一两个。我常想，人的一生当中如果没有几个最知心的好朋友，能敞开心扉，甚至能在一起肆意胡说八道，是不是会有点遗憾呢？

朋友相聚，可以无所顾忌地神侃一番，或者互诉彼此生活的酸甜苦辣，或者接受彼此的表扬，或者承受彼此的批评，使彼此的人生更加完善，总之是畅所欲言，一吐为快。遇到困难时，大家又互相帮助。最真心的朋友往往才会说出最真实的语言。我就是那种喜欢毫不吝啬地指出好朋友缺点的人。不管怎样，大家都是出于一颗诚心，一颗善心。正如《三国志》言："良药苦口，惟疾者能甘之；忠言逆耳，惟达者能受之。"意思是身患疾病的人才能理解苦口良药的好处，心胸宽广有智慧的人才能接受逆耳的忠言。

据说，唐太宗问许敬宗，我看满朝的文武百官中，你是最贤能的一个，但是还有人不断地在我面前谈论你的过失，这是为什么呢？

许敬宗回答说，春雨贵如油，农夫因为它滋润了庄稼，而喜爱它，行路的人却因为春雨使道路泥泞而嫌恶它；秋天的月亮像一轮明镜，辉映四方，才子佳人欣喜地对月欣赏，吟诗作赋，而盗贼却讨厌它，怕照出他们丑陋的行径。

无所不能的上天且不能令每个人满意，何况我一个普通人呢……

的确，一个人无论多么优秀，想让周围所有人都满意、都欣赏、都理解，是绝对不可能的，但只要凡事依正道而行，无愧于心就好。对人对事对朋友只要以诚相待，同时懂得理解尊重别人，那么自会获得志同道合的朋友。

阿娟、阿华是我医学院校的同班同学，毕业后又被分配到一个城市，被分配到同一城市的还有阿红、阿秀等几个人。记得当时每到周末，我们几个人就到阿红的宿舍去团聚。在那里想吃就吃，想玩就玩，想说就说，她的宿舍完全变成我们娱乐的场所。

最难忘的是冬季里的一个黄昏，我们五个人下班后又都聚到阿红那里。人多了，就出现了"三个和尚没水喝"的情形，大家都懒得做饭，后来我建议买几袋方便面，既省时又省事。

面买回来，我被安排做饭。因为我们当中，只有我不会玩扑克牌。于是她们开始玩牌，我忙着煮面。平日里都很斯文的她们玩起牌来却互不相让、大嚷大叫的。我在一旁看着她们开心的样子，自然也高兴。

"喂，小姐们，面条煮好了，快来吃呀。"我叫她们，大家洗了手以后，才发现筷子和碗都不够用。

"怎么办，谁最饿，谁先吃吧。"我提议。

"你们先吃吧，我不饿。"阿娟说。

"我看还是让阿清吃吧，咱们几个她最瘦。"阿秀说让我先吃。

"瘦不等于体质不好，可终究要有人先吃呀。"我心存感激地说。

"怎么说，你都应该先吃。"阿红与阿娟都让我先吃。

"好吧，那我就不客气了。"我说。

于是我站在桌旁，吃了起来，可没吃几口，阿红说："你看阿清这么多年一直留着学生头，从未把头发扎起来过，也是的，你看她头上的那几根毛儿吧！"阿红说完，微笑着看了我一眼。

"噗！"我嘴里的面条还没等细嚼，便不可控地一口全吐到面条锅里。看阿红骂人不带脏字还洋洋自得笑嘻嘻的神情，我如何还能咽下那面条。主要我很难想象，一向最寡言少语又不幽默的阿红那天骂人的样子是那样的高明又可爱。

"唉呀！"阿娟与阿华异口同声。

"这面条怎么吃呀！"几个人无奈而又难过的样子。

"你们也听见了。这根本就不怪我。我好好吃着，她却无端地骂人，看我的头发比她好，她就嫉妒。"我连忙解释自己刚刚那不可控的这一幕，笑意全无。

"可不是嘛，亏你还是教师。"阿娟用手推了阿红一下。我们医学院毕业后，阿红没有选择当医生，而是选择了一所医学中专院校当教师。

"你们别怪阿红了，只怪我条件反射，不过没有什么，高温消毒，再热一下绝对可以吃。"我心里既赞叹阿娟的公平，又同情阿红犯的错，又愧疚自己笑点低，总是控制不住地爱笑。

"就当这是上甘岭，就当这是世上唯一的食物，现在外面寒风刺骨，你们总不愿意再出去买一大包方便面吧！"阿红惹的祸，她自然要说得有理有据，安抚好大家。

"无所谓，再热一热，就当没看见她吐吧！"阿娟说。

"吃就吃，有什么啊？"阿红站起来，向锅里望了望说，"不用再高温了，再热，面条就不好吃了。"她自知理亏，就带头来吃这锅面条。

于是大家你一碗，我一碗，不一会儿，吃了个精光。看她们依然吃得很香，我心里有说不出的感动。实话实说，如果是她们中的某个人吐的，我想我绝对是难以下咽的。

还有一次，也是寒冬。那天，我与阿秀一同去看望阿娟。正巧阿娟穿着我曾经送她的衣服。那是我从外地买来的一件休闲夹克，样子很雅致，阿娟极喜欢，便向我要了去。

"阿清，我发现了一个问题。"阿秀忽然对我说。

"什么问题？"我忙问。

"你给了阿娟一件衣服，给了阿红一件毛衣，怎么什么都没给我？"

"我还以为什么问题，都是旧衣服，哪一件都比你穿的衣服便宜。"

"礼轻情意重，下次该轮到我了吧？"阿秀笑着说。

"好说，好说，只怕我的衣服你都不喜欢呢？"我发自内心地说。

"噢，好冷，不说衣服还可以，一说起来，怎么有些冷了。"阿秀向窗外望了望，"外面又起风了，我不想走了。"

"自作自受，大冬天不穿厚毛衣，偏穿薄薄的毛衫，里面又不穿秋衣。纯属嘚瑟，不冷才怪呢！"阿娟在一旁说。

"算你运气好，我今天里面穿了两件秋衣，给你一件吧！但都是半新半旧的，要不要？"

"是不是又都是纯白色的，如果是白色的，我不想要，我洗不起。"

"到底要不要？"我态度严肃地问了她一句。

"要，白给怎么不要？赶快给我一件吧！"阿秀理直气壮。

"你还别说，我里面这件真的是黑色的，我还是第一次穿黑衣服呢！是二姐给我买的，看来我就不能穿黑衣服。"

"那你还是留着吧！"阿秀正经地说，"毕竟是二姐送你的。"

"咱们俩不也是姐妹吗？我可以送你呀，只要你不嫌弃就好。"我说着，让阿娟把门关好，便开始脱毛衣。

"我高兴还来不及，哪里会嫌弃呢？"

当时我心里很感动，难得有这么真诚的朋友。阿秀也是一个很讲究的人，大家都是医生，都有点儿洁癖，轻易不穿别人的衣服，尤其是贴身的——除非很知心的朋友。

"穿上以后确实暖和多了！"阿秀美滋滋地坐在那儿说道。

"你也够没良心的，穿了别人给的衣服，连句谢谢的话都不说。"我突然对她说。

"你给阿娟衣服时，阿娟谢你了吗？""没有。"没等我开口，阿娟忙替我回答。

"就是呀，她们都没谢你，凭什么要我谢你呢。"阿秀连看都没看我一眼。"唉，不愧都是我的朋友。"我发自内心地叹了口气说道。

明代著名思想家洪应明的关于人生、处事、修养的奇书《菜根谭》里就说过：不责人小过，不发人阴私，不念人旧恶，三者可以养德，亦可以远害。从小母亲就教育我们，尽力做好人，自己快乐，给别人也带来温暖。所以，好友们的悲伤喜乐都愿意与我分享。这是对我的尊重和信任。这会让我更好地约束自己，充满正能量。

随着时间的流逝，大家都在红尘中忙碌地工作生活，见面的机会少了许多，联系得也越来越少，藏在心中的这份感情却越来越浓。如果彼此遇到了什么困难，虽然不能及时见面，但一个电话，大家还是都力所能及地互相帮忙，在帮助对方的过程中，得到的是千金难买的快乐。

青山不墨千秋画，流水无弦万古琴。朋友相交一颗心，苍天不老百年情。

1999 年

办公室私语

那年，我从妇科门诊调换岗位到妇女保健科，除了偶尔下基层之外，大多数时间都坐在办公室里，统计一些报表。

我们办公室有十人，未婚的只有我和英儿。这十姐妹中，我排行第九。已婚的除了科长年龄大些，其余的都是美丽、成熟的少妇。大家相处得很融洽，工作之余，偶尔会抽空闲聊几句。

一日，五姐从洗手间回来，随手把门关好，神秘而略带匆忙地小声说："没戴帽子的人快把帽子戴上，院长在查岗。"于是大家手忙脚乱地把放在办公桌上的帽子拾起，迅速地戴到头上。

巧得很，那天中午，我刚把头发洗过，不忍心让帽子把自己蓬松、美丽的秀发深藏并压扁，就没有戴帽子。当我不情愿地把帽子从抽屉里拿出，正准备戴上时，院长已走进了我们的办公室。我发现，只有我和七姐没戴帽子。

"人都在啊！"院长过于严肃的神情总是让大家不知所

措。

"都在。"科长微笑着说。

"你们俩为什么不戴帽子？"院长面对我与七姐说。

办公室里静极了，院长是一个威严而不失温和的老人，除了在职工大会上发过脾气之外，平日里几乎从不乱发脾气。无论你有多大的错误，他都会心平气和地与你交谈。

"我正准备戴上。"我红着脸，心怦怦地跳着，回答了一句无关紧要的话。

七姐保持沉默，也许她自觉理亏。因平日在办公室里她时常不戴帽子。其实大家绝不是有意与领导对抗，实在是爱美之心在作怪，那象征白衣天使的帽子戴在头上后，头发都藏而不露，完全遮盖了那份女性温柔的美丽。

"按理说，你们俩都是国家正规医学院校毕业的，作为一名医生，最起码的医容仪表应该清楚是什么样的吧。"院长口气很和蔼，这更让我与七姐惭愧不安。他停了停又接着说："我在职工大会上也强调过，作为一名医务工作者，仅仅有真才实学还是不够的，更重要的是综合素质，这素质除了高尚的医德外，也包括仪容仪表，通过一些小事，可以看出一个医生的整体形象，当然我相信你们俩都是好同志，希望下次不要忘记戴帽子。"

"平时她们表现都很好，今天下午一忙就给忘了。"科长为我们解释道。

"其实，并不是我逼迫你们搞形式主义，你们整洁的仪容仪表不仅能给我们医院带来荣誉，你们自己也会受到患者及其家属对你们的尊重。既然选择了医生这个职业，我们就要全身心地投入，在体现自己人生价值的同时，给周围的人留下美好的印象不是更好吗？在我看来，你们戴上帽子比不戴帽子更美丽、更神圣！"院长平易近人地说。

待院长慢慢走出办公室之后，大家紧张的神经一下子又放松起来。

"哎，你们说，院长虽对咱们特别严厉，但我却喜欢这样的领导。"二姐说。

"其实，只要领导正直、公正、负责，咱们自然也就努力工作了。"四姐说。

"我最佩服院长的就是能按时发放工资、奖金。这要克服很多困难，那么大年纪还这么有责任心，很不容易。"七姐说。

"所以，以后就别忘戴帽子了，真是难为情。"我说。

"既然你们都知道了，以后就时时刻刻提醒自己戴帽子，让院长少操点儿心就行了。"科长微笑着说。

其实，我心里一直很敬佩科长，也很喜欢她，她从未批评过我们任何一个人，她以身作则、性情温和、无比善良，对我们很真诚又很关心。每每想起，全是感动。背地里从不对任何一个人的缺点品头论足，这是我最欣赏她的理由，当我们弄不懂一些复杂的报表时，她总是不厌其烦地耐心讲解。

大家谈论最多的就是家庭琐事了，话题时常以男人为主。

"情人节你们是怎么过的？"二姐忽然笑问。

"我们家那个说要送我一朵玫瑰，我说，算了，孩子都那么大了，还有什么好浪漫的，况且还要浪费十几元钱，所以和平时一样过的。"三姐说。

"哎呀，要的就是这种情调，一年就这么一次，我们家那个请我跟孩子去饭店吃一顿，感觉挺好的。"四姐说。

"就是嘛，老三，人活一回，该浪漫还得浪漫，我多么希望我们家那个送我一朵玫瑰呀！如果他送我一朵，我会高兴死！唉，可惜他一点儿都不浪漫，不但没送东西给我，连情人节这个日子都给忘了。"二姐遗憾地说，语调中有些淡淡的失落。

"嗨，男人追女人的时候，怎么都好，结了婚之后，就别指望他像从前那样关心你，即使对你一直很好，也是两种表现形式，这就是现实生活，这就是婚姻。"科长微笑着安慰大家说，"大家都现实一点吧！啊！都好好工作吧。"

听了科长的话，大家都相视而笑，接着工作。

1999 年

水晶心

　　一日，妹妹的同学敏儿来我家，送给我一件小礼物——水晶心。

　　我把那小而精致的礼品盒接过来，谢了敏儿，便放到写字台上。敏儿却有些着急了："三姐，打开它吧！看你喜不喜欢。"于是，我小心翼翼地把盒盖儿打开，又揭开了一块软软的海绵。当我第一眼见到这个小小的工艺品时，水晶的玲珑剔透让我有种说不出的惊诧，我的心被它感染得是那样的强烈！当我把它拿到手里的时候，我惊奇于一个小小的工艺品竟然对我有如此的震撼力，也许我对它的欣赏便是那设计者与制造者的成功之处吧！我从心底里敬佩和感激它的设计与制作者，更感激敏儿。

　　那是一颗水晶心，它的底座是圆形，约一指厚，呈蜂窝状，底座上端是一颗规整的心型框架，它如碗口大小，心的正中间，悬挂着一个小小的十字架，心的上方，框架的两端雕刻着一对小鸟，像小天使一样，呈相对展翅飞翔的姿势。

心尖的前方，底座上有一株小草。总之，那的确是一件非常美丽的工艺品，它的完美与精致无法不让我心动。

然而敏儿还没走，小侄女也被这小小的礼物陶醉，她不小心失手摔坏了一只小鸟，水晶心也出现了豁口。

看着这心爱的礼物被瞬间损毁，再看一眼小侄女那发红的小脸，当时的我竟那般地无奈，心疼至极。

敏儿这时注意到了我的神情，她忙着把摔伤的小鸟拾起来，试图再把它放回原来的位置，然而那是不可能的。"三姐，你别难过，没想到你竟这么喜欢它，我家里还有别的样式的，我买了好几种，等明天我再给你拿来一件。"

"不用了，敏儿，你自己留着吧！收下这件我都很不好意思了，即使你再拿过来一件，我也不会喜欢的。"我故作平静而又发自内心地说。

"你没看到，怎么知道不喜欢呢？我那个比这个还好的。"

"可我就喜欢原来的这个。"

"三姐，平儿说你是一个极重感情的人，我现在才知道，可是这颗心已经破碎了，小鸟也摔掉了一只，是安不上的呀！"

见我难过，妹妹这时也收敛了她那一贯开朗的笑容，竟然一本正经而又感叹地说："哎！一切都是天意呀！这么完美的东西竟然轻易地被这个小孩儿毁坏了。"她又接着说："三姐，敏儿说得没错，不就是个小小的工艺品嘛，实在不值得你为它如此难过，其实比这个更好的一定有很多很多，只是你一时太固执，暂时没有心情去欣赏、去发现罢了。过几天我休息，咱们一起到精品屋去逛逛，我就不相信，除了敏儿送给你的这个，再没有你喜欢的？"

"三姐，我感觉你对这个小工艺品是一见钟情，现在它摔坏了，你的心好比失恋一样吧？"敏儿忽然笑着说。

她这样一形容，我禁不住笑了。

我倚着壁橱，细细品味着敏儿和妹妹所说的话，她们普通的话语，却让人感悟颇深，我忽然感觉自己确实有些固执了，是啊！诸多的工艺品中，又如何没有我更喜欢的呢……

1997 年

吉他情怀

无端的寂寞悄然袭上心头。于是我捧起了那把杏黄色的红棉吉他。一首旋律悠长的曲子，流淌出绵绵长长的往事……

我很喜欢音乐。这把吉他是我考上医学院校那年，三哥给我买的。因为三哥曾许诺过我，如果我考上了大学，他就给我买一把吉他。他果然没有失言，把一个月的工资节省下来，在我开学之前买了回来。

其实我对吉他产生浓厚的兴趣，还是源于初二那年。我们学校坐落在小镇偏远的一角。那天放学，我和同伴们像一群叽叽喳喳的小鸟一样，穿过小镇的街头。在一座水泥栏杆的桥上，一个看似油腔滑调的大男孩倚在桥栏上，弹奏着一首美妙动听的曲子，曲调悠扬悦耳，他的神情恬淡安闲。我全部注意力都集中在男孩怀中的那把吉他上。那一刻我突然产生了一种冲动——想拥有一把吉他。可那时想拥有这样昂贵的东西，实在是天方夜谭。直到几年后，三哥得知我的这个愿望，才欣然承诺。

　　高考发榜之后我榜上有名，这是我人生中第一次品味到成功的喜悦，以及无以言表的轻松。三哥也买了把吉他送给我。可是，我一点儿乐理知识都不懂。幸好有一次跟随嫂子到省城游玩，才有了一次难得的学习机会。在一个星期日，嫂子把我带到她的同事马阿姨家里。马阿姨家有一个男孩，比我大两岁，也喜欢弹吉他。我心不由一动，何不向他请教呢？可那年我是第一次到陌生人家去作客，羞于启齿。嫂子便对阿姨说起了此事。

　　"马老师，你家老三不是会弹吉他吗？我这个妹妹偏偏就喜欢琴，让他教一教她好吗？"

　　"好啊，老三今天正好在家，他在卧室里听音乐呢。"阿姨忙拉着我敲开了他儿子的房门，把我介绍给她的儿子后，便高兴地回客厅与嫂子聊天去了。

　　"快进来。"大男孩比我高一头，他爽朗地说。

　　"我——真的不好意思，刚来就麻烦你！"我傻傻地站在他的门口，有点儿犹豫。我心想，到一个素不相识的男孩子卧室来，是不是太尴尬了，在学校的时候，我们男女生是从不讨论问题的，甚至说一句话都脸红。

　　"有什么不好意思的，你想学吉他我可以教你。"大男孩微笑着说。

　　于是我才静下心来。那是一间普通而又温馨的卧室。一张整洁的单人床上，放着一把吉他。我把它抱在怀中，开始认真地学了起来。经过一个下午的学习，总算把六根弦上的高低音分得差不多了，可手指却红肿起来。到了晚饭前，我竟能断断续续地弹出一小段曲子来。我兴奋得就像一个三岁的孩子。也就是那次，大男孩告诉我，真正会弹吉他的人要弹和弦，我所学的仅是基础里的一点点，但只要勤学苦练是一定能学会的。到那时，手指是要磨掉几层皮的。我当时只是一心想着吉他，别的什么困难都不想。一个下午，除了关于音乐方面的问题，我们几乎没有谈到别的话题。临别时只说了谢谢便离开了。

　　如今已事隔多年，回想起来还记忆犹新。不知那位男孩过得怎么样，祝愿他有一个温馨幸福的人生。也就从那天起，吉他便成了我生活的一部分……

1999 年

白头乌鸦

小赵是护士，因工作需要，领导安排她办理婴儿出生医学证明。

每天办出生证的人很多，她总是那么热情，从不厌烦，那些没有带全相关文件的人，他们背地里时常要给小赵"表示"一下，以便尽快拿到出生证，小赵都微笑着谢绝了。这是我最欣赏她的地方。一天，小赵有事，领导和她委托我代替她的工作，那天又有几十个人办理出生证，对那些未带全相关文件的人，我都给予了耐心细致的解释。到下午的时候，我因说话过多，胸都有些闷。

第二天，小赵来上班，我把办公室的钥匙还给她，她接过钥匙笑问我："怎么样，感受如何？"

"一言难尽。"

"我每天办公的时候，都是这样，人的素质各不相同，昨天没人惹你生气，就算是好的。"

"生气我好像不会，就是话没少说。你太伟大了，我从未像现在这样敬佩过你。"

"没那么严重吧？"她哈哈大笑。

"我没开玩笑，真的。"

"其实，这项工作可以锻炼一个人的涵养，我的耐性就是在这项工作中培养起来的。"小赵微笑着说道。

有一次我需要一笔资金，当时小赵问我："怎么样，现在知道钱的重要性了吧？"

"知道了。"

"最大的感想是什么？"

"精神生活有时还需要钱来做支柱。"我一本正经地说。

"哎！你这个白头乌鸦呀！"

小赵把我比作她想象中的白头乌鸦，我问她为什么，她说："天下乌鸦一般黑，你还有那么一点儿让人心动的地方！"

"可我在你心中还是乌鸦呀！"

"可你要知道，白头乌鸦世上罕见。"她脸上带着戏谑的神情。

时间久了，我也就默认她给我的这个雅称了，我真的不知道这个世界上到底有没有白头乌鸦！

2000 年

小 站

天像下了火一样，烤得人脸都发烫。我与好友雅丽坐在公交车内，车窗都开着，感觉车内外对流的空气也都是热的，热得让人几乎要窒息。

公交车在一个小站停下了，这是一个新设的小站，除了站牌一无所有，没有树，也没有凉亭。这时，上来了一位很胖、很可爱的年轻女孩，坐在了前面靠车门的一个座位上，她的脸朝向车的后方，坐好后，只见她把脸转向窗外："爷爷，您快回去吧！"她的声音有些高。

当我随着她的视线把脸也转向车门外的时候，看见一位耄耋之年的老人，头戴一顶凉帽，双手拄着一根拐杖，正站在站牌旁边向车内张望。"爷爷，快回去吧！天这么热！"女孩似乎哀求地说。

那两天的气温很高，是东北历年来罕见的高温天气。老人没有动，依旧顶着烈日，颤颤巍巍地向车里望着他的孙女，没有说一句话。

"爷爷，您快回去呀！"女孩子又着急地说一句，只见她的眼里闪动着泪花，把脸转向车内，她又把头低下来，似在调整自己的情绪。而车外的老人依然站在那里不动，他的眼神充满了留恋与关切，任似火的太阳晒着他，汗水从他深深的皱纹里滚落在地上。有谁知道这是不是他有生之年与孙女的最后一面呢？

说来也怪，汽车在这个小站竟然停了十几分钟，车上的乘客也不算少，可车为什么在小站停那么久，没有人过问。我想这是天意吧！

"爷爷，快回去吧！天这么热，不让您来，您偏要来。"女孩这时又把头转向窗外，无奈地对老人喊道，只见老人用力点了点头，似乎应了一声……

人生在世，在生命的最后一个季节，最最珍贵的除了感情，还能有什么呢？

我不知当时在场的每一个人对他们爷孙俩的离别之情，有怎样的感受，但那小站，那女孩，那老人，那炎热的天气，以及他们的留恋与期待的神情，那瞬间的情景，让我久久不能平静。

1999 年

爱美之心

　　学生时代，二姐曾经送给我一件毛呢大衣。衣服的样式很雅致，深蓝色略带一点白色的修饰。在春寒料峭的一天，我穿着它与同寝室的好友淑云一同上街，走着走着，她突然微笑着对我说："其实我最不愿意和你一起逛街了，路上的人都回头看你，我嫉妒！"

　　我对她的直爽与可爱感到好笑，不禁对她说："嫉妒是一个人最无能的表现，只能徒增自己的烦恼，而且你根本无需介意陌生人对咱们的回眸啊！一点儿意义都没有！"

　　"可是你长得美呀！你回头率高，我心里不平衡嘛！"

　　"我从来都不是特别注重自己的外表，我也真没觉得自己有多美，况且等年老了，还不都是一个样。"

　　"那你为什么要穿好看的衣服？"

　　"这是人之常情啊！爱美之心，人皆有之。这句话几乎所有的人都知道。但我从未刻意去打扮过自己。我想，他们回头主要是看这件大衣的样式而已，你认为我长得美，可别人不一定这么认为呀！每个人的审美都不一样。"

"是的，这还是说明人都是有爱美之心呀！"淑云固执地说。

"不同的人对美有不同的理解，在我心中你就是一个美丽而又可爱的女孩。"我真心地说。

"可我总觉得自己太逊色于你！"淑云还是很谦虚。

"你这是不自信的表现，按照你的标准，我与那些特别漂亮的女人相比，也一样很逊色啊。可我不自卑，我觉得每一个人都有她自己独特的魅力，比如你的皮肤就比我好得多。"

"你也不差呀！"

"我怎么才能与你说明白呢？"我对淑云的想法有点儿无可奈何，于是又对她说："有谁敢肯定漂亮的女人都幸福，不漂亮的女人都不幸福呢？你敢肯定吗？"

"我当然不敢肯定。可是很多男生都是先看女生的外表，才喜欢上这个女生。"

"我不这样认为，我们不会欣赏完全以貌取人的男生。"

"可是，又怎样能够看清对方追求的不是外表呢？"

"我想，这需要从两个人的交往中慢慢来分辨了吧。你知道的，我又没处过男朋友，也说不太好的！"

淑云笑望着我，微笑不语。平日在寝室里，大家都欣赏她的幽默与可爱。其实，在我心中她真的很美，白白净净又细嫩的一张脸，一双笑眯眯的眼睛很可爱。

"不过，我发现一个道理。"淑云忽然说。

"什么道理？"

"一个好人长得再丑，让人看了也感到亲切，一个坏人长得再漂亮，让人看了也不喜欢。比如有些男人'一表人才'，可是我看着就不舒服！"

听了她的话，我不禁大笑。

"你这不是很明白吗？内在美才是最重要的，相由心生。这才是一个人真正的美，这样你就不用再嫉妒我了，心里自然就平衡了。"

淑云高兴地笑了："别取笑我了。"

这已是几年前的事了，然而忆起当时的情景，淑云的笑容依然清晰可见。

窗外柳絮纷飞，又是一年春好处，很久没有与淑云见面了，但是她的婚礼我参加了，她嫁了一个好丈夫，愿有着爱美之心的她，幸福一生。我相信会的，因为她是一个可爱美丽的女孩。

2000 年

五大连池

　　我对黑龙江省的五大连池风景区，耳闻已久。这个夏季，我们全家有幸自驾游前往游览。对于旅游，我很少刻意，都是随缘。我本来计划从北京出发，回吉林省探亲，顺便带两个嫂嫂去长白山一游，吉林省是我的故乡，长白山我至今还没有去过，结果，长白山还是未能成行，却意外去了五大连池。

　　对于东北人来说，东北三省似乎皆是故乡。这还是我第一次踏上黑龙江省这片黑土地。这次，我们一家邀请了我情同姐妹的同学一家三口自驾同行。下午将近一点，两辆车从吉林省德惠市出发，大家一路上欢声笑语，完全忽略了路途的遥远，更让我荣幸的是此次五大连池之行，我们有缘结识了黑龙江省拜泉县的朋友"二哥"及先生二十年前的同班战友军山，还有他们的几个好友。二哥姓高，在家里排行老二，大家称呼他为二哥。他们热情好客，身上体现着东北人豪爽幽默、憨厚淳朴的性格。

　　二哥与军山两人早早在五大连池市的高速路出口等待我们，到了五大连池市，夜幕也已悄然而至。华灯初上的五大连池市区霓虹闪烁，在这清凉柔和的盛夏之夜里，我们只觉得神清气爽。在这陌生的城市里没有一点儿人在他乡的感觉，反倒有一种老友重逢的亲切感。之前，我与他们并不相识，这就是人们常说的缘份吧。

　　对于度假旅游，我喜欢和亲友自驾游，这样的游玩随性自由也不累。游玩之前，我不喜欢看攻略，一切随缘、随感觉。游山玩水本来就是完全放空身心的，玩到哪里是哪里，心也清净。现场完全的新奇感，更能让人耳目一新。

　　到了五大连池，完全颠覆了我的想象。我一直误以为五大连池是山水之间五个具有特色的莲花池而已，结果给了我很多意外的惊喜。五大连池竟然是十四座火山爆发后形成的自然景观，其中包括这五个紧邻的堰塞湖。十四座火山没有全被开发旅游，五个堰塞湖目前也仅仅开发了第三个白龙湖。我们乘船游玩了此湖，天气晴朗，湖水微波荡漾、清澈明净，湖里没有一片荷叶，更没有一朵莲花。据说，第一个池子有莲花，但还没有开发。导游告诉我们，白龙湖总面积21.5平方公里，水深19—36米，湖泊完全是地下水形成，湖底是沙土与岩石，没有泥土，水温常年在3—5摄氏度，有鱼。

十四座火山遗迹中，我们游玩了相对比较大的老黑山，从白龙湖到老黑山山底要坐一段敞篷电瓶车。在车上，放眼望去，路两侧大都是连绵不断的黑焦熔岩，直到老黑山的山脚下，抬头望去才看到树木丛生、百草丰茂的样子。老黑山也叫黑龙山，是十四座火山中最年轻的火山。穿过丛林，爬到山顶见到了它的火山口，它直径350米，深145米，海拔515.9米，火山口内及其边缘寸草不生，都是黑褐色的岩石颗粒。站到它的边缘，向火山口里望去，像是一个圆锥形的黑褐色大锅。真正的熔岩都喷到远处山脚下的路上，可见当年喷发时的巨大威力。

站在老黑山的山顶可以远远俯瞰五大连池的全景。赤日苍穹，蓝天碧野，湖光山色，尽收眼底，令人心旷神怡。导游说，据史料记载，老黑山是1720—1721年喷发而成的，一年的时间喷发了六次，至今已有近三百年的历史。传说老黑山是幻化的小黑龙的头部，它的尾部据说是另外一座小火山尾山。

说到五大连池真正的特色，我认为不是水，而是黑色的火山口与大片黑色的熔岩。百万年以来，栉风沐雨仍不褪色，一如既往的黑，山水相间，融会贯通形成了独树一帜的风景。五大连池有三绝，即山无尖、树无根、水倒流。山无尖是指十四座火山都是截顶的圆锥体火山口，呈漏斗状向下；树无根是指生长在熔岩石上的树根部不是向下扎，而是向周围盘旋扩散；水倒流是指这里的水向西南方向流去，而不是向东流。

　　印象最深的是老黑山，它是目前中国保存最完整的漏斗状火山口，有着重要的历史意义。下山后，它给我的感觉就像是一个风姿绰约、韵味内敛的少妇，一袭黑衣，裹着黑色的面纱，神秘地站在那里，拥抱着每一位游客。山下，片片深黑的熔岩石形状各异，有的像大片翻滚凝固的黑色浪花，有的像凝集成片的黑色云海，有的怪石嶙峋，像黑色假山矗立在那里。黑色熔岩之中夹杂着葳蕤的草木与小巧的湖泊，黑色的石头丛中仍能见到勃勃生机的景象，可见草木生命力之顽强。

　　之后，我们分别到了五大连池最有名的两处长年奔流不息的泉眼，这里的水都是免费随意喝的。一处是二龙眼泉，当地人也称其为"明目泉"，据说用那水洗眼睛对青光眼、白内障、结膜炎都有明显的疗效。只见一个泉眼如两三个碗口横截面积那样大小，从雕刻成的黑色张口大龙头嘴里源源不断喷薄而出。游人络绎不绝，争先恐后、满怀欣喜地拿着各种大大小小盛水的器具，去接那里的矿泉水品尝并带走。

那是偏硅酸的矿泉水，由于在地层深部，所以水质纯净甘冽。泉水旁边热闹非凡，还有几家卖各种小商品的摊位。旁边停了很多车，游客们川流不息。

接着，我们去了五大连池最具特色的另一处泉眼。过了一个精致古典的红柱金瓦牌坊，前方映入眼帘的是一个亭台，距亭台不远即是泉水出处，附近有高高的芦苇荡，小桥流水，袖珍瀑布，瀑布上终于见到约一米宽、两米长尚未伸展开的莲叶处。此种莲叶深碧如翠，偏矮，却未见莲花的痕迹。大家竟也兴奋起来，真是物以稀为贵，虽然与北京的各大公园"接天莲叶无穷碧"的莲花无法相提并论，却依然感觉到此处的莲叶有着别具一格的美。此处的泉水是种碳酸矿泉水，含有天然二氧化碳气体，所以喝着就像天然汽水般的感觉。由于富含铁离子及多种矿物质，这里的泉水营养极其丰富，第一感觉微微有点儿涩，多喝几口就适应了，口感美妙，回味悠长。

最后，我们去了附近的一个地下冰洞，最难忘的还是这个冰洞。冰洞名字叫水晶宫，炎热的夏季，洞内自然温度依然在零下十几度，里面有各种各样绚丽缤纷的冰雕，五光十色、斑斓璀璨、晶莹剔透，让人流连忘返。

冰洞尽头竟然端坐着一尊金色大佛。这是我第一次见冰雕大佛，大佛如此晶莹，曼妙殊胜，让我心生无限欢喜澄净，不忍离去。大佛约有六米高，端坐在佛台上，佛台近棕色，佛前的大香炉是粉红色的，三炷冰香是黄色的，香头是火红色的，香炉下面的护栏楯是靓丽厚重的蓝色。所有的色调搭配，是那么协调舒心，护栏把整个大佛护在那里，让人们无法贴近。佛清净地端坐在那里，供游人瞻仰。应该说佛端坐在每个游客的心中，无论你信与不信，因果都在那里。佛像时刻在警醒我们断恶修善，中国有句俗语：头上三尺有神明，心到佛知。

佛像的意义在于时刻提醒我们见贤思齐。这让我想起了老子谈到的上善若水。

老子的《道德经》是中国道家思想的重要来源。老子用"道"来解释宇宙万物，将道看作是万物的本原。世间所有事物都要遵循于道，德就是道发生的作用和结果，人们要通过德理解道。

老子写道："上善若水，水善利万物而不争，处众人之所恶，故几于道。居善地，心善渊，与善仁，言善信，正善治，事善能，动善时。夫唯不争，故无尤。"大概意思是：最高最上的善就像水一样柔和纯净，水善于滋养万物却默默无闻，它总是去往众人不屑的低洼之处，这种品德最接近于"道"，上善的人总是甘居卑下的环境，心胸至善深远博大，待人宽厚仁慈，言行至善讲诚信，为政善于用善心去治理，办事尽其善心所能发挥所长，行动善于把握时机以善为念。正因为有万事不争的美德，所以才不会出现过失，不招来怨咎。

用我们大家常比喻的话，最高境界的善，就像水的品性一样，造福万物而不争名利。水，滋养万物是一种能力，避高趋下是一种谦逊，奔流到海是一种追求，刚柔并济是一种风范，水滴石穿是一种耐力，海纳百川是一种度量，洗涤万物是一种奉献。这契合了做人的最高境界，更与佛法修心行善的根本理论不谋而合。

第二天下午，我们离开五大连池。在回来的路上，我们去了拜泉县县城里的一个博物馆，里面展览着与拜泉县发展历程有关的图片文字，有很多日本侵略东北三省时，在拜泉县留下的资料图片。

人生何处不相逢？相逢何必曾相识，有缘千里来相会，无缘对面不相逢。与人与景与物皆如此。此行五大连池，可以说，我对二哥与军山的情谊远远超出对风景的记忆，大自然的山水及人文建筑，基本都大同小异，总会渐渐淡忘在记忆里，而友情却完全不同，美好的情谊可一生珍藏在心底。二哥正直幽默，军山憨厚朴实，大家在一起其乐融融、乐此不疲。

　　在五大连池景区那天，中午在一个农家饭庄就餐。室内房间完全用玉米和高粱秸秆隔断而成，乡土气息浓厚，大家围坐在那里，吃着熟悉又可口的家乡特色饭菜。饭桌上，暖暖的乡音、诚恳热情的态度，让人甚觉欣慰。大家畅所欲言，彼此就像老朋友一样。我们还邀请了美女导游一起用餐，彼时情景恍如昨天。在我心里，随着时间的流逝，五大连池的风景因为这些美好的人而更加美好起来，那种扑面而来的浓浓的故乡情及他们那种豪爽淳朴的感情永远珍藏在我的记忆深处，温暖着人在天涯、情系故乡的我。

2016 年 8 月 27 日于北京家中

情　怀

　　情怀，其实就是一种与情感有关的心境，每个人的一生都有很多令人难忘而又美好的往事，即使当初看起来微不足道，但多年以后再回想起来依然让人心动，给人增添一份美好的回忆，我把这些也视为一种情怀。纯洁而又美好的情怀让人充满了对人生的向往，从中感受着人生的温馨与美丽。

　　那天，我的一个同事买了些红枣，洗净后分给我吃。当时，我忽然想起了与枣儿有关的一件平凡往事。瞬间，一份感动、一丝温情萦绕在心头。

　　阿宏是一位军官，我与他是通过男友认识的，他们俩是大学同学。我与阿宏也仅有过一面之缘，但我却在心中永远记住了他。

　　那是几年前的一个初秋，在北京南苑机场的大门口，我见到了阿宏。巧得很，当我和男友从出租车下来的时候，他也刚刚站哨执勤结束。后来我才知道，新上任的军官也要同战士一样在岗哨上执勤，以便让他们体会士兵站岗的辛苦，同时也能提高自身军事素质。

初次见面，他给我的第一印象是典型的军人形象，沉稳中透露出豪放。我们三人边走边聊，不知是谁从我们身边走过时顺势塞给阿宏几个绿里微微透红的脆枣。其实，我比较爱吃的就是脆枣，阿宏当然不知道，他随即把那几个枣小心翼翼地塞到我的手里，几个枣儿在他的手里不算多，放到我的一只手里却放不下，我急忙说："给我一个就可以了。"他却微笑着说："都给你吧！很好吃的。"之后，他便若无其事地转移话题与男友聊天。我双手捧着很普通的几个枣儿，心里真是有一种难言的感动。

那时正是夏末秋初，北京的中午依然很热，自下了出租车之后，我还真想吃点儿东西，而阿宏呢？他刚刚站完岗，顶着炎炎烈日，我想他肯定更想吃这水灵灵的脆枣，但他却毫不犹豫地塞给我了。最终我还是强行把枣子平分了一下，剩下的两个，我把它们小心地装到挎包里。也许是医生的缘故，这些东西我一向都是仔细洗了之后才吃，但那时，感动让我实在不好意思再去介意枣子上面沾有多少细菌了。为了避免尴尬，我同他们两个人一样，自然而然地把枣子吃掉了。这枣甜甜的、脆脆的，确实很好吃，与深秋的红枣口味完全不同。

那天的晚饭时分，我们到饭堂去。傍晚的天气有些冷，男友那天也只穿了一件休闲长袖衬衫，阿宏又很自然地把他的秋季外衣披到我的身上，在夜风中感到微寒的我，穿上又肥又大的军装，暖暖的。我心里确实是过意不去，看阿宏仅穿着一件薄薄的军用衬衣，系着深蓝色的领带。我问他冷不冷，他笑着说："一点儿也不冷，我是军人，身体素质好。"

好在第二天他依然精神饱满，没有感冒，这令我心安不少。尽管我对他的相貌已没有什么印象了，但这份情怀让我感动，它有如小小的石子偶尔投落到我平静的心湖，荡起圈圈的涟漪。人生有太多瞬间的感动，然而真正让人一生都难以忘怀的情谊又有多少呢？

2000 年

思　念

思念，如一丛深谷溪涧的兰，清幽芬芳。

思念，如一朵追风的云，飘向心的绵软。

思念，如一棵枝繁叶茂的树，交错相连。

思念，如一幅黑白的图画，浸透岁月美感。

思念，如一缕春风，轻拂着盈心的暖。

思念，如一潭秋水，涟漪荡漾碧翠深渊。

思念，如一片沙漠绿洲，明心盎然。

思念，如一抹柔美晚霞，醉心静谧悠然。

思念，如一株高山雪莲，在时光的荒涯里凌寒独绽。

第六辑　如梦如烟

梦想成真

蓦然回首，青春岁月在不经意间散在了风轻云淡的记忆长河里，像是一首千千阙歌，让人回味无穷、柔肠百转。这就是青春，有迷茫，有怅惘，有昂扬，有忧伤，有向往，有自信，有执着，有激情，有欢乐，有温馨，更有无数绮丽的梦想……

那天，偶然听同事说，刘德华十月底要来北京举行演唱会，而且地点就在我家附近的万事达体育馆。我听后激动不已，从我家到那里步行才二十多分钟。看刘德华演唱会是我学生时代最大的梦想，那时候真是想都不敢想。那时，香港还没有回归祖国，这个梦想在当时对于我来说简直就是天方夜谭。

当晚下班回家，我兴高采烈地向先生说刘德华在万事达体育馆举办演唱会的事，告诉他我想去演唱会现场。他毫不犹豫，立即上网查演唱会的时间。演唱会总计四天，已经开始两天了，而演唱会的第三天恰巧是我的农历生日。他也很高兴，幸运的是网上还有票。于是当晚他就预订了演唱会第三天的门票，也就是 2013 年 11 月 1 日的门票。

我在中学时代就是刘德华的歌迷，但我属于那种理智又冷静型的歌迷，只要能在现场感受他的歌声，足矣。

那晚，在万事达体育馆外，我与先生穿梭在熙熙攘攘的人群中。他和那些年轻人一样，挤在一处围着很多人的地方停下来，原因是只要用手机扫人家的二维码，人家就免费赠送荧光棒，他一向对免费赠送的东西感兴趣。我建议他别在那挤了，而且我感觉这个年龄似乎不太适宜挥动荧光棒。他当然不肯放弃这次免费赠送的机会，结果免费得到了两个荧光棒。对此他还颇有成就感，随即兴高采烈地塞到我手里一个，"给，免费赠送的"。我咯咯地笑着接过这个荧光棒，两人手牵手继续向前走。

拥挤在万事达体育馆检票口的时候，我才发现，来看演唱会的人不仅仅是我们这些七零后，而是各个年龄段的人都有，从老人到孩子。

经过层层安检，我与先生终于来到了万事达体育馆的观众席，放眼望去，能容纳近两万人的体育馆几乎座无虚席，我不得不更加崇敬这位影视歌坛的常青树——刘德华。

演唱会开始了，当音乐响起，除了舞台上的灯光绚丽四射，观众席上五光十色的荧光棒自然而然有节律地舞动着，在空旷黑暗的体育馆里形成了一道炫目的风景。此时，观众的尖叫声、呐喊声似海浪般一浪胜过一浪，在偌大的体育场馆上空飘荡。

不一会儿，刘德华隆重出场，瞬间，整个体育场馆沸腾起来，就连一向含蓄的我与先生也情不自禁地被歌迷的热烈所感染，也与歌迷一起不停地挥动荧光棒。场上的尖叫声、呐喊声此起彼伏，从现场的大屏幕上可以更加清晰地看到刘德华激动的表情。他几度想开口，面对满场热烈的歌迷，却激动不已、几度哽咽、眼含热泪。很久，歌迷们才渐渐平息下来，刘德华终于开口讲话了："我刘德华上辈子不知做了多少好事，我从艺三十年，今天看到你们，我感动不已，我是个六零后，今天，我看大家有六零后的、七零后的、八零后的、九零后的，甚至还有零零后的，我感到欣慰和自豪……"他每讲一段话，观众就情不自禁地尖叫呐喊，他几度想开口唱歌，歌迷刺耳的尖叫声与呐喊声却让他无法唱下去。最后他只好默默站在台上，等大家的情绪渐渐平息下来，才开始唱歌。

这就是音乐的魅力，也是歌星人格的魅力。

当晚，他唱了十几首歌，虽然大多都是老歌，但每首歌、每段旋律，听起来都是那么优美，让你情不自禁忆起如梦如烟的往事，让平静的心湖荡起圈圈涟漪……

刘德华的演唱会让我青年时的梦想在中年时不经意间得以实现，让我不得不感叹人生似乎有时真是会有奇迹出现。

当晚，演唱会结束后，在回家的路上，先生牵着我的手，哼起了刘德华在演唱会上唱的一首歌：

《今天》

走过岁月我才发现世界多不完美

成功或失败都有一些错觉

沧海有多广江湖有多深

局中人才了解

生命开始情不情愿总要走完一生

交出一片心不怕被你误解

谁没受过伤谁没流过泪

何必要躲在黑暗里自苦又自怜

我不断失望不断希望

苦自己尝

笑与你分享

如今站在台上也难免心慌

如果要飞得高就该把地平线忘掉

等了好久终于等到今天

梦了好久终于把梦实现

前途漫漫任我闯

幸亏还有你在身旁

盼了好久终于盼到今天

忍了好久终于把梦实现

那些不变的风霜早就无所谓

累也不说累……

2014 年 2 月 15 日于北京

中国地图

　　偶然一次，在下班回家的路上，我看到一个农民打扮的老大爷在卖中国地图，心里有说不出的感动。做这种小生意赚不了几块钱，可是却让人敬重，我一直想在家里的墙上挂一幅中国地图，但却一直没有刻意去书店买，所以就毫不犹豫地从这位老人手里买了一幅。

　　回到家里，我把地图贴在卧室的墙上，之后让三岁多的儿子过来和我一起欣赏。现在的中国地图版面的上方印着国歌，我觉得很好。我指给儿子看，让儿子站在中国地图前又唱了一遍国歌。儿子三岁刚会说话的时候，我就教会他唱国歌了，让他从小在心中就有爱国的情结。他从小对音乐就有点儿天赋，所以国歌唱起来铿锵有力，一点儿也不跑调。

　　中国地大物博，人口密集，我问儿子中国领土在地图上像不像一只雄鸡，他说很像。临睡前儿子站在床上望着墙上五颜六色的中国地图说："妈妈，中国地图好帅呀，中国好大呀，中国人这么多，即使有人来欺负我们，哈哈，我们也不怕。"

我告诉他，以后假如有战争，可能都是以空中海上作战为主，即使在陆地作战，也不是看哪个国家人多人少，而是看谁的科技先进发达，所以一定好好学习，掌握高科技知识，来保卫我们最伟大的祖国，让它永远昌盛强大。古老的大中国有几千年的历史，源远流长，中华文化从古至今，有文字记载的历史就有5000多年，其他任何一个国家都无法和我们国家相比。新中国现在已经越来越强大了，所以我们中国人现在才能安居乐业，幸福地生活。可是，如果现在的科学家们老了，一定要有新的科学家来接替老的科学家继续研究、发明各种各样的高科技产品才行，否则，我们就落后了。如果落后了，再发生战争，那么人再多也不能取胜。

儿子听了我的话，神情凝重，点了点头说："妈妈，我要好好学习，长大后保卫祖国，我要让我们的祖国永远强大。"

2011年

咖啡屋

朋友问我，如果你是一个富翁，最想做的事情是什么？我不假思索地回答，我要建一个大型的，集文化、休闲、娱乐、餐饮于一体的老年公寓。然而，我不是富翁。

如果将来有可能，我想临街开一家咖啡屋，24 小时对外营业，随时迎接那些想静下心来倾心畅谈却无处可去的朋友。无论恋人、同学、友人，都能在这里以最低廉的价格享受到高雅的服务。也许如朋友所说，我是那种骨子里充满幻想与浪漫的人，我想，每个人在生活中都会有一点儿幻想与浪漫的情调，这能加深对生活的热爱，没什么不好。

当我身心疲惫时，偶尔一个人到街上的咖啡屋小坐，透过明亮洁净的玻璃窗，外面的景色尽收眼底，望着繁华喧嚣的街头，让自己匆忙的脚步暂时在这个温馨的角落停留。品尝加入方糖后的咖啡，那种淡淡的独特的香味，回味无穷；听着舒缓的音乐，让自己所有的疲惫渐渐地滑落，感受那份美丽恬淡的孤独与寂寞。一种温馨，伴着咖啡的味道给予我无限的遐想与快乐。

服务员疑惑的眼神似乎在猜测我这个独自品咖啡的女人背后有一个怎样的故事，我用诚挚的微笑迎接她同情的目光，其实我没有失恋，好朋友也很多，我只想一个人放松一下紧绷的神经，给自己一个安静的空间或优雅的角落，来品尝心灵自由的快乐。也许孤独并不可怕，真正的孤独是思想与心灵的孤独，而不是形式上的孤单。

当然，我也期盼那个他，在某一个落雨或飘雪的日子，为我撑起一把美丽的伞，与我携手步入一间温馨的咖啡小屋，陪我用心去感受咖啡的味道，感受人生淡淡的苦涩里透出的香甜。

2000 年

愿　望

　　长大后，我一直有个愿望，就是看看大海，亲自到海边去享受一下它给予我们的那份独特的美。

　　曾经在电影、电视中多次看到过大海，可那份感受毕竟不同于身临其境。这次有机会随哥哥一同前往青岛这个美丽的海滨城市，我的愿望也终于得以实现了。

　　时节正是深冬，我们风尘仆仆地下了火车。来车站接我们的是表舅，他得知我急切的看海心情后，便开着他的车带我们出了站前广场，表舅帮我把车窗打开，车的速度慢了下来。

　　青岛市三面环海，汽车沿海边的路绕了大半圈，我亲眼目睹了大海，最后汽车在海边一角停了下来，下了车之后，我直接面对大海遥望着漫无边际的远方，才彻底感觉到了什么叫波澜壮阔。那一刻我突然意识到人类在海的面前是何等的渺小！海面上有几艘航行的大轮船，在海的怀抱下，它们显得那么弱小。

　　可能是阴天的缘故，大海没有我想象得那样蓝，反而有些灰暗，但依然给人以最壮观的美。

　　让我流连忘返的除了大海，还有青岛这个现代化的海滨城市。环境的整洁与市民的文明是分不开的。当我在街头的一角看到一位衣衫褴褛的老人背着废品，我又情不自禁地生出许多同情来。我看见他在弯着腰捡起一个小小的烟头，扔到垃圾箱里，那一瞬间的过程便成为我永恒的记忆。那一刻我心中有着一种喜悦而又难言的滋味，把对老人的同情转变为无限的敬佩。望着身负"重荷"步履蹒跚的老人，忽然感觉他是我在青岛见到的一位最值得尊敬的人。无形之中，我对美丽、整洁的青岛市更增加了好感。

　　其实，我那天刚走出站台，踏入这个古老而又现代的海滨大都市的感觉，与周游它之后的心情是迥然不同的。对它的第一印象有些失望，然而逐渐进入城里才真正发现它越来越美好，它的内涵才渐渐被我发现。我不禁感到惊讶，高耸入云的建筑群、清新高雅的风格、整洁宽敞的大街给我一种焕然一新的感觉。现代化大都市的城市风貌尽显无遗。表舅说如果夏天来青岛就更好了。因为树木的绿、花草的美、沙滩的软、大海的蓝、夜色阑珊的靓丽都比冬季更吸引人。

　　青岛一游，让我实现了一个美好的愿望。

　　虽然看海是我梦寐以求的愿望，但得偿夙愿后给我印象最深的却不仅仅是海的伟大与壮丽，还有青岛这个美丽的城市。

1999 年

牵 手

我与姐姐去公园游玩，在公交车上，我发现了两位头发有些斑白的老人。老妇人左手拎着一个空菜篮子，老先生站在老妇人的旁边，他们手牵着手，准备下车。当乘务员播报下一站站名后，老妇人便向老先生近前靠了靠。她抬起那满是皱纹的脸，微笑着望了望老先生说："到啦。"

看到这里，我的鼻子竟有点儿发酸。他们的牵手比起那些卿卿我我的少男少女们，是多么令人敬重。经历了人生的风风雨雨、酸甜苦辣后的两只手，再牵到一起是多么的从容与可贵。

"慢着！"老妇人现在成了老先生的保护神。下车的时候，老妇人又叮嘱老先生一句，看起来她的身体比老伴要好多了。

我目送他们下了车，心中祝愿已白头偕老的两位老人能够健康长寿，过一个幸福的晚年。忽然又心生一种感慨，人生这短短几十个春秋，在岁月的长河中，不过是一朵小小的浪花而已，转瞬即逝。

　　茫茫人海，能牵手一生的人，是不是每天都在珍惜着那共同拥有的缘份呢？

　　　　　　　　　　　　　　　　　　　　　1998 年

买桃记

盛夏时节，水果市场正是琳琅满目的时候，最让人流连忘返的怕是那绿里透红的鲜桃了！

一日，到街上去购物，来到水果摊前，还未等我开口，一位摊主热情地把我叫住："姑娘，买桃儿啊？"

我被这位农家打扮的妇女所感动，禁不住停下了脚步。

"来，先尝后买，你先尝尝再说，保证好吃。"她爽快地说，也许她感到她的桃子与众多摊位的桃子比，太逊色了，怕我走掉，于是紧接着说："价格也便宜。"

"可是，你这桃子外表看起来颜色不好，大小不一，感觉不是很好。"我微笑着实话实说。

"你不能只看这桃子的外表，外表不显眼不等于它不好吃，有的桃子看起来溜光水滑的，吃起来也许不如我这好吃呢！"说着她麻利地把一个桃子用小刀割下一块递给我。尝罢，确实不错，我买了二斤。

手里拎着桃子无意间向前走着，突然，一堆摆放整齐、大小均匀、水灵灵的鲜桃吸引了我，不禁让我联想起电视剧里孙悟空大闹蟠桃会的情景，感觉王母娘娘的仙桃也不过如此了。于是我主动上前问了价格，居然比我刚买的贵一倍还多，我想，一定一分钱一分货吧！于是，毫不犹豫地又买了二斤。

回到家，我把两种桃子洗净，分别放到两个水果盘里，家人们与我首先都想先吃外表好看的桃子，结果意想不到的是，大家一致认为外表好看的桃子太难吃，外表难看的桃子特别好吃。

这看似微不足道的小事却使我感触颇深，特别是那位摊主朴实的话语，似乎暗含着一些哲理，让我不禁联想到生活中的许多人和事来。

1998 年

烦　恼

　　一次，与侄儿到街上购物，望着来来往往的行人，他忽然抬起头对我说："三姑，你看这么多的人，表面看起来都很平静，都很快乐，说不定他们的背后要有多少烦恼呢？"

　　听了侄儿的话，我不禁惊异地看着他，不知说什么好，一个年仅十二岁的小学生竟能说出这样的话来，让我不得不刮目相看。于是我放开他的小手，拍了拍他的肩膀问道：

　　"你为什么会有这样的想法？"

　　"说不出为什么，反正就是一种感觉！"

　　"小小年纪，还懂得感觉！"我笑着说道。

　　我又问侄儿："那么你又有什么烦恼呢？"

　　"比如说吧，我现在最渴望的事情就是能天天游泳，可是你们却要横加阻拦，我是小孩子，又必须听你们的话，所以这个暑假我过得很不开心，很烦恼。"

　　"可是你要知道，大家都是为你好，爸爸、妈妈工作忙，不可能天天陪你去游泳，让你自己去，他们又不放心，他们都是为了你好啊。"

"我知道，但是强行抑制我的爱好，对于我确实是一种烦恼。"

事后，细细品味侄儿的这番话，感触很深。都说童年时代是无忧无虑的，其实，我们从懂事时起，烦恼就一直伴随着我们，至少，大人或家长可以"独断专行"地管教我们。不同的家长对孩子的教育方式完全不同，真是各有千秋。甚至很多家长强行把自己一生未达成的心愿都强加在孩子身上，很少设身处地与孩子换位思考。有些人认为做家长的，有充分的理由要求孩子的一切必须遵从他们，甚至连大学自己理想和感兴趣的专业，孩子们都不能自己做主。部分做父母的强行控制孩子的选择，初衷是为了孩子的将来好，但从不考虑孩子的身心、智商、天分、性格能否完全承受。一些孩子不敢反抗，也无力反抗。于是，有的孩子因无法承受父母给的压力，结果烦恼至极，最终有一部分孩子彻底叛逆，学生时代就偷偷吸烟、饮酒、打架、早恋等。或者因此抑郁，甚至轻生，结束了短暂而又脆弱年轻的生命，悲哀至极。家长这时才醒悟，可是悔之晚矣。

所以我们做家长的不要以工作忙为由，把孩子完全交给老人或者保姆照顾，而忽略了孩子对父爱母爱的需求。这样的孩子将来和父母的关系恐怕只会渐渐疏远。父母也不要总是高高在上，只注重孩子的学习成绩。父母还要注重和孩子多沟通，平心静气地和孩子交心畅谈，尽量多陪伴孩子，真正用心了解孩子在学校里是否被同学老师误解。孩子从小身心健康、阳光乐观，对孩子的一生相当重要。这些只能父母给予，别人无法代替。孩子的童年只有一次，因此我们做家长的要且行且珍惜。

在我考主治医师中级职称那一年，复习英语时，对一篇英文阅读记忆深刻。文章的主要内容是，经国外知名专家多年实践研究证明，凡是幼儿时期全托到幼儿园住宿生活过的孩子，其性格可能会变得敏感多疑不自信，成年后患有心理疾病或抑郁症的机率也高。这是一个很多家长都忽视的问题。可见父母在孩子成长过程中的陪伴的重要性。

随着年龄的增长，小时候所谓的烦恼自然随之消失了。成年之后，当我们步入现实的社会生活时，我们也就增添了各种各样的新的烦恼。家庭琐事、工作学习、经济利益、爱情婚姻、人际关系等，然而这些烦恼我们有权利有能力自己去化解。在一些琐碎的生活中，快乐其实可以随时在我们身边环绕。

成年后，许多人都会把自己的烦恼、痛苦完全推赖在别人的身上，忘了很多时候，明明是自己脆弱和敏感，是自己不够善良，是自己不够坚强，是自己不够大度，是自己不够博爱，是自己不够宽容，是自己不够智慧，是自己不能正确面对和适应人生都必须要经历的挫折、误会、打击、磨难、逆境。多年以后，蓦然回首，所有当时的这些苦难，正是在磨练我们意志，成就现在安乐的因。有时反而感谢这些看似曾给我们痛苦烦恼的人。人心若转正念、善念，放下自我，多智慧思考，以德报怨，很多痛苦烦恼自然就烟消云散了。

只要我们自己的心平和、不计较、不执着，接受命运给予我们的这些磨练和考验，那人生就会活得潇洒自在多了。我们也可以达到古人的境界：宠辱不惊，闲看庭前花开花落；去留无意，漫随天外云卷云舒。

记得有很长一段时间，家里没有电话，我时常到邮局给亲友邮信或打长途电话，时间久了，邮局的工作人员便对我有了点印象。后来，其中的一位同志曾对我说：

"又来了，你总是这样快乐，你是不是没有烦恼？"

"烦恼？还是有的吧。"我真诚地看着他说道。我很好奇他怎么会和我这个陌生人说这样的一句话。心想，难道我的快乐都显在我的脸上了么。

"可是，你虽话语不多，但总是笑呵呵的，给人相当快乐幸福的感受哦，真让人羡慕呀！"

"呵呵，是吗？我自己真没觉得，难道你不快乐吗？"我又笑呵呵和他聊了几句。

"我呀？怎么也达不到你这种程度。"

"其实，有时候烦恼是自己给自己戴上的枷锁，只要你转变心态，人除了生死健康问题，在我看来其他什么事都不是问题，你完全可以像我一样快乐些呀！"说完，我便打电话去了。

再后来，我去邮局，那位同志又对我说："你的快乐与笑容把我们感染得也快乐了。"

听了他的话，我不知说什么好，只是抛给他们我永远最真实的微笑。

生活的快乐和幸福其实都在于自己的心态，好的外部环境不如好的心境，烦恼的根源往往是我们对人、对事、对物的期待过高。

1999 年

嫉　妒

　　因为嫉妒，这个世界滋生了许多是非。被嫉妒的人从某一方面讲多是优秀的人，嫉妒别人的人多是心胸狭隘无能的人。适当的嫉妒可以激励人们上进，而恶意的妒嫉则可能破坏别人的幸福。

　　这种嫉妒的行为也可能发生在母子之间，或婆媳之间。有的母亲为儿子深爱自己而感到无比幸福，而一旦当儿子恋爱或结婚后，见儿子夫妻恩爱，对自己似乎有些冷落，不免要心生嫉妒，因此，一系列的家庭矛盾也随之产生。

　　宋代诗人陆游与唐婉凄美的爱情故事，几乎众人皆知，陆游因此写的那首《钗头凤》更广为人们传诵。这首词情真意切、催人泪下，一个爱国的豪情男儿能写出这样伤感至极的词，足可见其爱情的悲剧。

　　据史料记载，陆游在二十岁左右，和他的表妹唐婉结成夫妻，两个人相亲相爱、伉俪情深，可是渐渐地，陆游的母亲却不喜欢自己的儿媳，后来终于迫使他们离了婚。陆游三十一岁时，在一次春游中与唐婉偶然相遇于绍兴城南的沈园，陆游凝视着那近在眼前、远在天边，熟悉而又陌生，深爱至极却可望而不可即的倩姿丽影，悲痛欲绝，于是在沈园的墙壁上题写了这首哀婉动人的《钗头凤》词：

　　红酥手，黄縢酒，满城春色宫墙柳。东风恶，欢情薄。一怀愁绪，几年离索。错，错，错。

　　春如旧，人空瘦。泪痕红浥鲛绡透。桃花落，闲池阁。山盟虽在，锦书难托。莫，莫，莫！

唐婉读了此诗，悲恸欲绝，她提笔附和也写了一首《钗头凤》：

世情薄，人情恶，雨送黄昏花易落。晓风干，泪痕残。欲笺心事，独语斜阑。难，难，难！

人成各，今非昨，病魂常似秋千索。角声寒，夜阑珊，怕人寻问，咽泪装欢。瞒，瞒，瞒！

这首词真是如泣如诉，令人泣血催心，唐婉从切身的体验出发，深深控诉了世道不公、人情险恶，她被剥夺了爱的自由与幸福，终日以泪洗面，让人同情之至。

回家后的唐婉，很快就一病不起，抑郁而终。千古艰难

233

唯一死，伤心岂独息夫人？

陆游与唐婉的爱情悲剧是深受当时社会封建礼教迫害的结果。陆游是个孝子，唐婉是个才女，我想其中多多少少可能夹杂着陆游母亲对这位才貌俱佳的儿媳的嫉妒。或者，周围一些人嫉妒唐婉而无事生非，更导致陆游的母亲强烈反对他们的婚姻，也未可知呢？

我想，只要是纯洁的爱情，那么彼此一定要珍惜和信任。茫茫人海，能够遇到一位自己真心所爱的人很难。在工作中，只要你凭借自己的真才实学努力进取，那么无论身边的人怎样地嫉妒或排斥你，我们都可以淡然处之。所谓"路遥知马力，日久见人心"，很多事我们一时无法用语言澄清，但时间与事实终会证明一切。沉默是金，天理是最公平的。良心的安顿与坦然才是一个人真正幸福的根本。

总之，只要我们是优秀的，走自己的路，让别人去说吧！嫉妒只会让心灵阴暗的人们、让随意诋毁他人形象的人活得更丑陋。

2003 年

幸　运

万万没想到，看似遥不可及的车祸，竟然发生在了我身上，尽管我一向是个特别遵守交通规则的人。

在北京驾校学习的时候，理论课的刘教练讲得实在很好，三年过后，我依然记忆犹新。他说，仅北京市几分钟就会发生一场车祸，当时学员们都惊叹不已，只是惊叹之余还是感觉这事与自己毫不相关。

刘教练还说，车祸有时是双方的责任，有时完全是单方的责任，比如酒驾、逆行、超速、闯红灯、疲劳驾驶、注意力不集中等都可酿成车毁人亡的大祸，责任重大的除了保险公司赔偿一部分，肇事者本人还会因此倾家荡产。所以一旦你有了驾照，也就有了一份责任，同时更多了一份危险，也就是说当你在自己驾车完全遵守交通规则的情况下，车祸也可能随时发生，所以作为一名驾驶员，要时刻保持清醒的头脑，千万不能大意！同时他还声情并茂地讲了一些现实生活中的车祸事例。

　　刘教练似乎感觉讲了以上这些还不足以引起我们的重视，随即又放了一些交通事故的现场视频。刘教练的谆谆教导，让我铭记在心。

　　然而当我谨慎地步行在人行道上时，车祸还是无端地降临到我的身上，真是世事无常。

　　2013年12月17日，这天北京的天气特别晴朗，我照常上班。清晨七点多，在复兴路上一个大的十字路口，当前面绿灯亮时，我开始迈着轻盈的步伐自西向东走在斑马线的左边缘，那时行人不多，当我走到人行道的三分之一处时，忽然，身后左侧主路上一辆右拐弯向南行驶的出租车，以迅雷不及掩耳之势冲到我面前与我"亲密接触"了一下，我便在一瞬间摔倒在地。奇怪的是我从摔倒直至爬起没有丝毫疼痛的感觉。当我本能地迅速爬起站稳脚的时候，我向面前的出租车里望去，里面除了司机，没有乘客，司机慢吞吞地从出租车上下来了，我相信他是被吓呆了，所以反应才那么迟钝。

　　见我稳稳地站在那里，他似乎稍稍放心了。他从出租车前面绕到我面前，用惊恐的眼神看着我不知怎样表达，我先开口说了一句话："您看您，我是绿灯，您开车能不能注意点儿！"

"是是是，你是绿灯……"他尴尬地微笑着说，不住地点着头，欲言又止。

说完他转身就上了车，我默默地站在那看着他发动了车子，不知他是想逃还是要挪车，结果看他把车从人行道上慢慢开到路边停下来后，又下了车。我慢慢地走到他面前，当时身体还是没有感觉任何不适。

这次他先开了口："你看，要不我给你送到单位去？"他操着纯正的北京口音，神情紧张，这次我稍打量了他一下，看上去四十几岁，中等身材。

"不用，我没事儿。你走吧，以后您开车一定要注意点儿。"我说。

他点了点头，以最快的速度上了车，把车开走了。我本能地看了一眼这辆出租车的尾号。我转身看到绿灯，便向单位方向走去。

从这个十字路口走到单位有十余分钟的路，我依然感觉身体没有任何不适。然而到了单位一小时左右，我右脚五个脚趾开始针刺般火烧样疼痛，我找来冰块，脱了鞋和袜子，开始冷敷，效果较好。这时我才注意到我的皮靴右脚鞋面前头有明显的车轮划痕。接着我的右肩开始疼痛，我的右髋骨也开始隐隐作痛，回忆车祸现场，我是向右侧摔倒的，应该是出租车的右前轱辘碾压过我的右脚导致摔倒。当时右髋骨和右肩先着地，所以这两个部位开始有疼痛症状，摔倒时右手拎的挎包在右侧腿下，保护了右腿。幸亏当时我穿的是羽绒服，羽绒服的帽子是戴在头上的，才避免了头部受创。

单位同事建议我报案并到三甲医院从头到脚检查一下。我自己感觉还好，觉得没必要。

这时，同事袁姐给我讲了一个真实的车祸案例，我才知道车祸有多可怕。她说，只要发生车祸，一定先到医院检查，因为车祸瞬间当事人大都是没有疼痛感觉的，过后，才会慢慢开始有症状。她的一个同乡是位年轻女性，曾骑自行车被一辆小汽车撞倒，当时她在车祸现场站起来后，觉得没什么不舒服，就回了家，结果，当晚因脑外伤颅内出血而离开人世。

我听后愈加谨慎，中午打电话给先生，他开车过来接我，让我全面检查并准备报案。我坚决不让他报案，让他先送我回家休息一下，看看下午身体状况再说。

结果，下午我依然是右脚趾、右肩和右髋外侧疼痛。晚上先生下班回来告诉我，他把我的情况和他的领导汇报了，他的领导让他一定要重视，并给先生讲了自己朋友发生过的真实车祸案例：事故现场在一家医院附近，肇事者把一个路人给撞倒了，路人当时爬起，觉得全身没有什么明显不适，不想去医院检查，可肇事者特别有责任感，对那个路人说，必须带他去医院检查，毕竟是自己把人撞了，要负责，检查后没问题更好，这样离开心里才踏实。当时车祸现场就在医院附近，肇事者为了尽快到医院挂上号，让自己的朋友陪着路人留在车祸现场，结果意料之外的事情发生了，当肇事者挂好了号，回到车旁，准备带路人去医院检查的时候，这个路人已经陷入深度昏迷了，到医院后确诊死亡。

先生讲此实例就是为了让我重视这次车祸，我明白并理解他对我的爱与担心。

当天夜里，我右肩和右髋疼痛渐渐加重，右脚疼痛反而好些。

第二天，我依然去上班了，右肩有些抬举不力，在先生的强烈要求下，在单位拍了右臂 X 光片，结果是右上臂外侧有约四厘米骨裂，骨膜完整，所以疼痛不是很剧烈。

目前距车祸当天已近两个月，现在右上臂时而隐痛，不敢过度用力，而右髋关节外侧，在右卧位时依然隐痛不适，右髋关节处应该也有骨伤。

最后我坚持没有报案。我觉得虽然出了一场车祸，但是自己真的是幸运的。因为车祸后，我依然每天能迎着朝阳上班，每天踏着落日回家，还能在工作岗位上体现自己的一点儿价值，每天依然能和家人团聚，而且那段日子，像是天意，姑姑正在我家里做客，一直力所能及地帮我承担家务，全家反而其乐融融。

另外我更不想因为我，给那个出租车本人及家人带来任何经济或精神上的负担。临近春节，我更想让这位陌生的出租车司机全家过一个好年。我倒是觉得因为我，可能无形中给了他一个警戒，日后他自然会更加安全地驾驶。所以对他来说撞上我也是"幸运"。

多一分理解、多一分宽容、多一分无私、多一分善良，对于任何一个人来说都是一种不可替代的幸福。

我相信，出租车司机们栉风沐雨的生活也很不容易，也许那天早晨他急着交班，也许他夜里过于疲劳，也许他急着去拉乘客。

每每在电视、网络或报纸上看到那些仅仅因闯红灯而付出生命的人，我是无论如何都不理解。世界上竟真有不少这样的人，为了争抢那么几秒钟的时间，竟然拿生命去冒险。那些惨不忍睹的场面，让每一个善良的人看了都会痛彻心扉。心痛之余，生命的代价会让一部分不遵守交通规则的人受到教育，改过自新。

而对于遵守交通规则的人来讲，车祸对于自己似乎是毫不相干的事情。真的是毫不相干吗？当然不是。每天，世界上因车祸而无辜受伤或致死的人，数不胜数。生活很多时候是矛盾的，高科技给人类生活带来享乐，同时也带来了一定的灾难，我们只能面对，尽量避免，却无法逃避。

其实生活中有很多事情犹如塞翁失马，从一个角度看，一件事情可能引发我们消极的情绪，从另一个角度看，则是积极的情绪。好的心态决定好的命运。

下面这个故事也足以说明这一点。

过去有位秀才进京赶考，在客店里，他做了个梦，先梦到自己在高墙上种白菜，又梦见自己下雨天戴了斗笠还打伞，还梦见自己在新婚之夜与新娘背对背入睡。他百思不得其解，赶紧找人解梦，算命先生说："你还是回家吧，别考了，你想想，高墙上种菜，不是白费劲吗？戴斗笠还打伞不是多此一举吗？背靠背说明运气背呗！"秀才一听有道理，也很沮丧，回客店收拾包袱准备回家，见此情景，店老板非常奇怪，问其缘故，秀才如实相告，店老板一听就乐了，说道："我倒觉得这是好事呀！你一定要去考，你想想，高墙上种白菜，那不是高种（中）吗？下雨天戴了斗笠还打伞，那不是万无一失、更加保险吗？与新娘躺在床上，这是好事成双啊！"秀才一听，也觉得有理，于是又认真备考，结果真中了个探花。这个故事充分说明了生活中，很多事情只要换个角度去分析，就可以从悲观转为乐观。

比如，很多人认为我遇到这次车祸是倒霉的，我却觉得是幸运的。我没有大的伤残，更没有纠纷，基本没影响我正常工作。它让我更加珍惜现在拥有的幸福生活，更加珍惜每一天，更加宽容和理解他人，其实幸与不幸都在一念之间。

比如，考大学落榜的人感觉痛苦绝望，其忧伤不能解决问题。人必须要面对现实，想一想，三百六十行，行行出状元，就业机会反而更多更早更自由。早步入社会，增加工作经验，提升适应社会的能力。生活中事业有成的、生活幸福的，并不仅仅是大学毕业生，世上无难事，脚踏实地，做自己喜欢的事，努力地去拼搏，一样可以成功。这样想，生活反而充满希望与挑战。

比如，爱情会老，真心永远年轻，时间是最好的疗伤剂。失恋或离婚的人痛过之后会发现，人生中再次拥有爱情的机会更多。上天是公平的，总会有一个真正适合你的人，真爱你的人会成为你一生的依恋，对你温柔以待。人生就是这样，你苦苦追求的，或者一时最爱的其实可能是别人不屑一顾的，何必执着？勉强在一起只会更痛苦。既然无缘，自有天意，唯有放下，才得自在。

比如，被老板辞退失业了的人，这是人生正常的一次历练，不悲不喜，从容面对，重头再来，也许等待你的未来是更加光明的。没有一个人的一生是一帆风顺的，这就是生活。而且往往越是有成就的人，经历的挫折就越多。

比如，钱财或手机等贵重物品被偷或丢失，千金散尽还复来，只要你人还在，生命还在，那么钱财就不会断，希望就还在。努力、认真、勤奋，相信明天的阳光会更加灿烂。

比如，家里亲人患了重大疾病，那么在他有生之年，力所能及地用心来爱护他吧，或者因为各种原因突然失去了亲人，怎么办？痛苦和悲哀改变不了事实，生老病死是人生不可避免的现实，命运对每个人都是不同的，只能正视，用理性的心态去面对。什么是命运？庄子的解释就是：一个人一生不可改变的事实和经历就是命运，比如，有的人一出生就是皇亲贵族，有的人一出生就是乞丐的孩子。这就是命运。在你无论如何都无法改变的事面前，顺从天意去承受。

一个巴掌永远拍不响，多从自身找原因，忍一时风平浪静，让一步海阔天空，冲动是魔鬼，一定要冷静，理性解决，或沉默是金，反过来，用君子的胸怀来面对小人的狭隘。完善自己，言行谨慎，以诚待人，宽容大度，工作态度要积极认真，路遥知马力，日久见人心。付出总会有收获，朋友会越来越多，生活会越来越快乐。

你要明白，山外青山楼外楼，这个世界上比你优秀的人，像是你在浩瀚的夜空里仰望到无数的明亮的星星，数也数不清。不要自寻烦恼，嫉妒别人是一个人最愚蠢的表现，其实还有很多人在羡慕你，你不是世界上的第一，但记住，你是世界上的唯一。不贪婪，不虚荣，不执着，不狭隘，不攀比，知足常乐，珍惜现有的生活，你就是幸福的人。

比如，你的孩子顽皮、不懂规矩，学习成绩平平，动作缓慢，甚至丢三落四，你经常生气、烦恼、发脾气，这大可不必。这些行为都是孩子的天性，要不急不躁地面对孩子成长过程中不可避免的这些问题，不要用成人的思想标准要求孩子，不要与别人家的孩子比较，因为先天因素、后天成长环境是完全不同的。孩子们如同各种各样的花，大部分的花，花期都在春天，但是还有在夏季独开的清荷，也有在深秋才盛开的雅菊，更有在冬季才绽放的寒梅。所以要多鼓励孩子，帮助他建立自信心。随着年龄的增长，他自然会越来越懂事。部分家长习惯把自己的梦想强加给孩子，其实培养孩子快乐健康向上的心态、优秀的品德、强健的身体，永远比分数更重要。学习成绩高固然好，成绩低则继续努力，人生未来的幸福生活与目前的考试成绩并不成正比，反过来想想，其实你的孩子有着其他孩子没有的优点与特质，要好好珍惜。

比如，和恋人或爱人发生矛盾，彼此生气的时候，如果你的心中还有爱，那么就爱屋及乌吧，多给对方一点儿宽爱，不要总固执地站在自己的角度看问题。如果站在对方的角度看问题，换位思考对方的性格习惯，你就会理解他。因为两个人相爱之前完全不是生活在同样的成长环境，家庭教育和思维方式完全不同，那么对待各种事情的想法和处理方式也截然不同，性格也是大相径庭，所以只能是多加理解和沟通。如果你确实改变不了对方的言行习惯，那就只好改变自己心态吧，别无选择，因为当初和对方结婚是你自己的选择。

不要总是挑剔对方及家人的缺点，不要纠结谁对谁错，勇于承认自己的错误，其实一句诚恳道歉的话，一颗博爱的心，完全可以避免一次无休止的争吵或者更深的矛盾。

不要认为都是自己的理，对方其实也认为自己是对的。爱人之间不是讲理就能和谐相处的，绝大多数人都是用完美的眼光来要求别人，却很少有人反过来看看自己的不足！因为每个人都习惯了自以为是。这样的爱情和婚姻当然会多些不和谐的地方。

请用挑剔的眼光来挑剔我们自己的缺点，静下心来，心态平和，如果确实改变不了对方的固执，就必须尝试改变自己，力所能及地付出，用忍耐、宽容、理解、无私和爱来维护情感的誓言，幸福才会久远。

中国有句俗语：世上本无事，庸人自扰之。尽自己所能做到心底无私天地宽。如果不想做一个庸人，那就做一个智者，在有限的生命里快乐地享受生活吧！

新的一年，新的感悟：

随缘

花自飘零水自流，

万事随缘莫强求。

知足感恩存善念，

喜乐时时绕心头。

2014 年 2 月 9 日夜于北京家中

漂　流

我曾在电视中看到过漂流的场景，感觉在湍急的河水中漂流太冒险。如果不是专业人员，在急流的漩涡处轻易就会翻船，整个人便会一头栽倒在河水中，太危险了。

偶然的机会，听同事说居住在北京城里的人在假日喜欢去北京郊区的房山世界地质公园游玩，那里野三坡旅游区的漂流项目颇受欢迎，六岁以上的儿童被大人带着漂流肯定没问题。

于是，一个休息日，我带孩子去那里漂流。

中国北京的房山世界地质公园，被联合国教科文组织评定为"世界地质公园"，北京由此成为世界上第一个拥有世界地质公园的首都城市。房山世界地质公园涉及两个行政区域部分，即北京市房山区的部分乡镇与河北省保定市涞水县、涞源县的部分乡镇，距离北京市区约 50 公里，总面积九百多平方公里。共划分为八个功能园区，其中野三坡综合旅游园区属河北区域。

　　时值初夏，我带着儿子坐着旅游大巴来到了房山世界地质公园，准备到野三坡漂流。这里的风景让人视觉震撼，心情激荡：一会儿悬崖峭壁，一会儿峰回路转；一会儿巍峨俊秀；一会儿溪流潺潺；一会儿河水宽阔，微波荡漾，清澈见底；一会儿幽谷深邃，鸟语花香……

　　我们随着人群来到漂流的起点，开始了漂流。漂流全长约四公里，有十几处激流险滩，所有的激流处都有惊无险，很适合从没有玩过漂流的人。激流过后就是平缓的水流了，虽然是六月下旬，但我还是感觉河水微微有点儿凉意。坐在皮艇上，顺流而下，微风吹拂，欣赏着大自然的美景，呼吸着清新的空气，沐浴着温暖的阳光，真是快乐无比。在漂流过程中的平静水域，你可以随意与身边的朋友打水仗，不知不觉中，有着"轻舟已过万重山"之感，尤其是伴着皮艇在激流处感受到的那份刺激和惬意，真是无法用笔来形容。心灵被大自然湛蓝的天、洁白的云、清澈的水、翠绿的树、绚丽的花所感动，舒畅至极！

　　漂流过程中，在平静的水域，船是需要向前划才能前进的。为了让儿子明白只要努力就能进步的道理，从始至终，我竭尽全力摆动双桨，追过了很多皮艇，把一批批皮艇甩在后面，儿子在船上欢呼："我们要划第一，我们要划第一，妈妈加油，妈妈加油！"我向儿子解释说："做什么事只要尽心尽力了就好，即使拿不到第一也无所谓。"儿子说："可是第一是最好的。"我说："可第一永远只有一个人啊，那没有争上第一的其他人难道都不好吗？无论做什么事，只要尽最大努力，就有得第一的希望，但是如果得不到第一，心里也不要悲观。总之先有付出才有回报。"儿子点点头，算是同意了我的观点。结果我们的皮艇划进了前十名，我们后面有数不清的皮艇远远地划过来。我和儿子说："妈妈已经使出了最大的力气，虽然没有得第一，可是在数不清的皮艇中，我们已经算是成功了。"我想等儿子大一点儿了，他就会明白，其实幸福就在于追求的过程。

现在，儿子刚刚上小学一年级，我从来不要求他考第一，只希望他明白，只要努力，不断进步，就有成功的希望！虽然说没有压力就没有动力，但我觉得这么小的孩子压力太大会影响他的身心健康。最近听朋友说，有个读初三的孩子，学习一直名列前茅，可是在初三后半学期，考试成绩经常不如以往，他的家长一味地埋怨，却没有正确引导孩子，这个孩子本身又很重视考试名次，结果因为得不到正确引导，这个孩子住进了精神病院。

我也看过一本韩国妈妈写的关于教育孩子的书，其中写了一段让人很痛心的真实故事，大约是这样的：她儿子的校友，一个很优秀的男孩，是学校的学生会干部，学习成绩也不错，高三时一直考不到前几名，自尊心受挫，结果跳楼自杀。这种情况虽属少数，但类似这样的事件却在我们的身边偶有发生，值得深思。

对于学生来说学习成绩固然重要，而对于什么是成功的人生，不同的价值观和人生观的人会有完全不同的定义。一个人走向社会之后，成功的因素绝不仅仅是学习成绩，还有很多比学习成绩更重要的东西。比如说高尚的品德、面对困难和挫折的勇气、和谐的人际交往能力、实际工作或处理事情的反应和应变能力、机遇等等。所以，要从各方面正确引导孩子。回来的路上，儿子说："妈妈，这里的风景太美了，我们以后还能再来吗？"我告诉儿子，等他再大一点儿，能自己爬山了，有机会一定还带他来。我还对儿子说，我们当天所玩的地方只是房山世界地质公园的一个园区一角，还有七个园区没去呢，它们分别是周口店北京人遗址科普区、石花洞溶洞群观光区、十渡岩溶峡谷综合旅游区、上方山——云居寺宗教文化游览区、圣莲山观光体验园区、百花山——白草畔生态旅游区、白石山拒马源峰丛瀑布旅游区。

儿子惊奇地看着我，冒出一句："哇塞，这里太大了吧！

还有那么多的地方没玩呢！"我说："要不怎么能被评为世界级地质公园呢？这是中国的骄傲。"之后我问他这次漂流的感受，他说："变得勇敢了，还有通过划船，我发现只要努力就可以成功。"听了他的话，我很高兴，感觉真是不虚此行。

2010 年

乡 愁

乡愁是什么
是童年伙伴的记忆
是成长的足迹
是生养自己的那块土地

乡愁是什么
是那座刻在记忆里的老屋
是门前那棵很老很老的槐树
是充满生活气息的家畜

乡愁是什么
是静美的小树林
是清澈见底的小溪
是山涧潺潺的流水

乡愁是什么

是嫩绿的青草与禾苗

是风中悄吟的老杨树

是马莲花染紫了的山野

乡愁是什么

是春天吹散蒲公英的柔风

是夏夜蟋蟀与蛙声的齐鸣

是秋高南飞的大雁

是冬雪窗花凝结的美丽

乡愁是什么

是母亲永在忙碌的身影

是父亲严肃又慈祥的面容

是兄弟姐妹间的嬉戏

乡愁是什么

是挣扎在朝阳升起前的起床

是踏着夕阳放学回家的路

是老师同学朝夕相处的时光

乡愁是什么

是邻里乡亲的欢声笑语

是村里那条松软又泥泞的土路

是沉睡着亲人的那片山岗归处

……

2015 年

放弃也是一种获得

偶然的机会，我在电视里看到一个情感类的节目，一直难以忘怀。节目的大致内容是：有一对正热恋的青年男女，二人之前都有过婚史，男方已有了一对可爱的儿女，女方也已有了一个可爱的女儿，双方的孩子都只有三四岁。正当两个人在热恋期间，意外的事情发生了，女方的亲属因某种原因激情杀害了男方的儿子，同时也严重伤害了女方的女儿。男青年无法接受这样的结果，心理上也无法继续接受这个女青年，于是决定与女青年分手，而女青年还是深深地爱着这个男青年。女青年不知所措，找到电视台栏目组，希望能通过这个节目的专家和主持人来挽回这段感情，结果是男青年把现在热恋的女孩带到现场，告诉大家已经与现女友到了谈婚论嫁的地步，现场局面很是尴尬。

这里，谁是谁非，难以一言道尽，专家们也各抒己见。我很想告诉这个女青年，放弃也是一种获得，尤其是当对方以各种理由坚定地提出与你分手的时候，即使你很爱他，也一定不要太过于悲伤，为一个不再爱自己的人痛苦毫无意义。真正的爱情绝不会轻易地失去，感情是不能勉强的。

一定要正确面对失恋，尽快从痛苦中解脱出来，我想告诉所有失恋过的男男女女，塞翁失马的故事人人知晓，这个流传百世的寓言其实是个真理。而且这个道理在很多事情上都适用。人生暂时的得与失、暂时的成功与失败根本不能证明你长久的幸与不幸。在爱情的道路上更是如此，不是所有的爱情都能够长久。对于一个重感情的人来说，失恋自然是很痛苦的，但放弃就等于会有更好的机会。

只要不愧对自己的良心，新的美好的恋情迟早会出现在你的面前。上帝为你关上一扇门，同时必然会为你打开一扇窗，关键是我们要懂得放下，学会耐心等待。

当有一天，缘分让那个真正适合你的人来到你身边时，你获得的才是永恒的幸福。那时再回首，你会发现你曾经痛不欲生的失恋在你生命中只是一抹飘散的浮云而已，毫不可惜。如果承认自己真爱过，那么就在心中默默地祝福吧，就当他（她）是一个你生命中已逝的老朋友吧！

塞翁失马焉知非福，这个世界总会在不经意间对你温柔以待，要相信你自己，更要相信未来的美好。

2011 年

第七辑　自然之韵

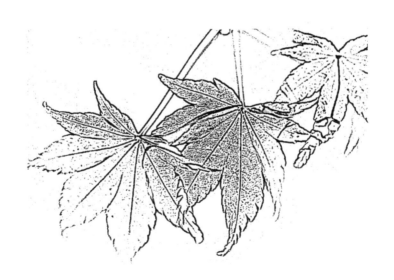

小　草

　　我已经忘记了第一次在柔软、嫩绿的草地上拍照是什么时候的事了。每次外出旅行，只要有小草的地方，我都想驻足拍照。

　　我想不是我一个人喜爱小草吧，仅仅是它那醉人的绿色，就足以引起我们对生活的热爱。人们之所以用绿色来象征生命与和平，是不是应该归功于平凡而柔韧的小草呢？

　　在诸多的植物当中，我尤其喜爱小草。的确，它没有花香，没有树高，但它平凡而又独特的魅力却征服了大自然，征服了全人类。茫茫大草原，是动物繁衍生息的地方。高大的牛马，洁白的羊群，机灵的兔子都在自由奔跑，可爱的虫儿在繁茂的草丛中用跫音唱和着大自然的无限生机。美丽辽阔的大草原养育了它们，它们又是人类赖以生存的保障。

　　"野火烧不尽，春风吹又生。"每当春回大地，小草总是最先给人类送来勃勃生机。漫山遍野，从农村到城市的任何一个角落，甚至在万丈高楼地基旁的石缝里，都可以看见柔嫩而倔强的小草。即使是刚刚发芽的一株，也足以渲染春天的颜色。

最难忘的还是故乡的春天，最留恋的还是故乡的小草，毕竟那里的山水养育了我，那里的绿色同我生命的绿色一起成长，直至离开故乡的那一天。

二十几个春秋犹如梦境一般转瞬即逝了，但那里的小草却一如从前的绿。每次回故乡，坐在疾驶的车内，让我最兴奋、心动的，还是路边那铺天盖地、默默无闻的小草，让我驻足不愿离开的，还是路边那些醉人的绿。即使在寒冷的冬天，那些枯萎的小草盘根错节地覆盖着冰冻的大地，也让人感觉到一丝温暖荡漾在心间。在繁华都市的街头，还常常可以看见质朴的乡亲在卖自家编织的草鞋呢！

记得前一年冬天，哥哥给我的侄女买了一双别致而又粗糙的小草鞋，让她在屋子里穿。五岁的侄女特别喜爱这双小草鞋。不知为什么，看到那双小草鞋，我总会联想到许多许多，甚至想到当年红军的二万五千里长征。因此那一双小小的草鞋，竟让我在无形之中又增加了对生命的珍爱。

如果让我把自己比喻成一种植物，那么我愿意把自己比喻成一株小草。我愿既有小草的柔韧，也有小草的坚强；我更愿，洗净铅华，身披朝阳和露水，回到草木之间。

　　　　　　　　　　　　　　　　　　1997 年

淋　雨

　　窗外飘起了毛毛细雨。一连几日，天气的阴郁使我心中平添了几分莫名的压抑。忽然间好想独自出去走走，淋淋雨。于是告别母亲，一个人便下楼来，把小伞撑开，走在宽敞的马路边。街上所有揽进视野的绿色，都被雨水浣洗得格外清新。

　　我毫无目的地踯躅在细雨中，一种从未有过的轻松袭上心头，我把雨伞折起来，于是，那细雨，柔柔地洒落到我的全身，使我有种说不出的惬意与清凉。慢慢地在雨中走着，不必在意来往不断的行人是否注意我，更不必刻意地表现自己平时那淑女式的稳重与端庄，不知不觉抛开了一切世俗琐事的烦扰，心中的抑郁与烦忧也都在瞬间融于这淅淅沥沥的雨中了。

　　忽然想起几年前曾经在广播里听到关于淋雨的事，清晰记得那是一名记者采访一所院校的几个大学生，询问他们的爱好。当时，一个男孩子干脆地回答说："我最喜欢独自一人在小雨中散步，因为那种感觉特别好。"当时听了这个大学生的话，我不禁感到惊讶，甚至在内心嘲笑过他，觉得这个人也许神经不正常。如今已经事隔多年了，我也长大了，才真正理解和体味到这个大学生的心境。更没想到，淋雨也成为我的爱好了。

有一次，下班时外面雨下得正大，好多同志都想等雨稍小一点儿再走，我心里却因雨下得好大而暗暗高兴。于是，我穿好雨披，骑上自行车便融于这茫茫的天地之间了。

我有意放慢了速度，哗哗的雨水击落到雨披上，那种声响形成了一种悦耳的韵律。我很惬意，感觉很凉爽，马路上有如小溪一般的流水使裤脚、鞋子都湿了。但感觉却很好，望着从我身边匆匆而过的人们，我才发现几乎没有几个人愿意淋雨，我不知是遗憾还是高兴。

待我骑到十字路口的红绿灯下时，望着在风雨中执勤的交通警察们，我心里立即涌起一股热流，真想在大雨中真诚地向他们道一声"辛苦了"。我知道在这个世界上和他们一样在默默奉献的人太多了，但愿好人一生平安吧！

不错，如果说生活的美丽除了来自于感情，我想其余的也确实应该来自于大自然吧！一个人心情烦闷的时候，无论是晴朗的日子，还是飘雨的时候，不妨独自出去走走，晒晒太阳，最好淋淋雨，享受一下雨中独有的心境。

那是怎样的一种感受呢？只有你独自漫步在那温柔的细雨中或者沐浴在滂沱的大雨中，才会真正体会到其中的意境。

当你真正体味到雨的趣味的时候，也许便不会因为这阴郁的天气而愁绪满怀了。而是因此多了一份爱好，多了一份体会，多了一份对大自然的爱，以及多了一份难得的轻松，也多了一份勇敢，多了一份对人生的感悟。

1998 年

旷　野

　　姐姐家居住在偏僻的乡村小镇。门前有一条铁路，距她家约 200 米，越过铁路线便是一望无际的旷野，每次去姐姐家，我都喜欢到那里去散步。

　　时节已是深秋，天高云淡，感觉很好。这是一片好大好大的旷野，因土质属于强碱性，所以广阔无际的平原没有庄稼，只有草。放眼望去，草已开始泛黄了，在低洼处，偶尔还可见到波纹荡漾的"小湖泊"。

　　这渺无人烟的旷野令人有一种凄凉的感觉，因为我经常在这儿散步，对它竟有了别样的感情。

　　清晨，到铁路边上走一走，呼吸着清新的空气，迎着从地平线上缓缓升起的朝阳，人的精神倍感清爽。下午，阳光和煦，到旷野里去，人有暖洋洋的感觉。远远的天边可以看见长长的杨树林带及小小的村落。时而可见放牧的老人与一群群的白羊，可以见到马，还可以见到偶尔疾飞的大鸟从水面掠过。微微的秋风伴着明媚的阳光拂过面颊，使人有着说不出的惬意与清凉。

　　脚下那一片细腻光滑的碱土地，使我情不自禁地坐下来。顺着小小的斜坡躺下来，双手枕在脑后，太阳西斜时略挡一下刺眼的阳光，望着湛蓝深远的天空、悠悠飘过的洁白的云朵，我不禁全身心地放松起来。这种大自然的美使人心胸更开阔。悠闲地躺在那儿，沐浴着美好的阳光，给人以无限的遐想……

　　不远处小小的驴车悠然而过，是农民拉柴草回来了。

　　小拖拉机"突突"的声音由远而近，也有一些骑摩托车的农民兄弟在远处的公路上奔驰而过。他们无拘无束，看起来比城里人还潇洒。宁静自由的生活是他们对美好生活的向往。

　　夕阳西下时，在这里可以看到整个夕阳渐渐进入地平线的情景。柔柔的霞光把天边衬染得绯红一片，真是最美不过夕阳红啊。我情不自禁地想起了《送别》这首久唱不衰的歌。"长亭外，古道边，芳草碧连天。晚风拂柳笛声残，夕阳山外山。天之涯，地之角……"

　　这种景象在都市里永远欣赏不到，而那种对人间烟火的渴盼在此时此地却特别强烈。"三姨，吃饭啦！"小外甥远远地喊我，只见他已越过铁路线，迈着儿童少有的大步向我奔来。我慌忙从地上站起来。

"作业做完了没有？"我一见面便问他。

"做完了，你回去检查吧！妈妈让我叫你回家吃饭了。"孩子急急地喘着气。

我牵着他胖乎乎的小手跨过了铁路。这是一座偏僻的乡间小镇，一座座砖瓦房稀稀落落，其中夹杂着几间小土屋。

这时家家户户都升起袅袅的炊烟，我忽然感觉这最简陋的小屋却能让人感受到家的温暖与幸福，幸福在这里与金钱无关。

这样简单的生活，这样宁静的幸福，都市里那些整日疲于奔命且过于贪婪的人，是永远体会不到的。其实人本可以简单幸福地活着，当那些本不富裕的城里人，感觉困惑而心生烦恼的时候，他们可曾想到，更多的农村人都在过着衣食住行都很简单的生活，而这些乡下人似乎从未因此而自卑过，他们活得有滋有味，朝气蓬勃。

他们都对生活充满乐观向上的态度，他们从不谈论收入高低或活得好累之类的话，他们只知道靠自己勤劳的双手去创造生活，他们有着朴实的生活氛围和互助互爱的邻里关系。那些茶余饭后聚在一起时爽朗的笑声，那种骨子里透出的悠闲和幸福感，和我们这些所谓的城里人的幸福感形成鲜明的对比。

1997 年

树

只要是树，我就喜欢。

千万种树的美可成诗亦可成画。无论是婀娜的垂柳、常青的松柏、高大的梧桐、挺拔的白杨，还是繁茂的杏树、低矮的桃树、诱人的海棠树、浪漫的椰树……都是大自然不可缺的点缀之美，更是人类净化空气、美化环境和固沙防风不可缺的最珍贵的天然资源。

没有柳树的公园会缺少一种韵味，没有绿树的城市会缺少一道风景，没有果树的生活会缺乏一些美味，没有花树的春天会缺少一份烂漫，没有茂密的森林就不会建起无数的美好家园……

我喜欢大路两边成荫的绿树，我喜欢幽静的小树林，我喜欢馥郁芳香的果树园，我喜欢明媚的花树在初春时绽放的盎然。

树不仅能美化环境，还能做栋梁之材，不同的树在当今工业化的时代里更有着不同的作用，可以制作出各种书籍纸张等等。

其实，我们每一个人也如同树一样，不畏风雨，在不同的位置上展现着自己不同的风姿，在不同的环境里实现着自己不同的价值。

只要我们充满自信，努力向上，我们每一个人都是独树一帜的风景。

1998 年

寂寞黄昏

从表哥那个温馨而又整洁的家里出来时，天色已近黄昏，我感觉有点儿冷。在这不甚繁华的小镇上，我轻松地打到了一辆出租车。

当我上车之后，表哥一家人还向我挥手告别，车子开动的时候，望着他们站在雪地里的身影，刹那间无限的感动涌入我的心头。

出租车很快驶出了小镇，在公路上奔驰，路两旁是无尽的原野，厚厚的白雪让一望无际的大地看上去纯净至极，绵绵的冬雪像洁白的棉被一样，覆盖在东北平原上。

我从车窗向外望着，欣赏着这纯洁而又沉静的美，当出租车转向由南向北行驶时，美丽的夕阳透过路两旁高大的杨树，映入我的视野。

"噢，多么美好的夕阳呀！"我不禁轻声赞道。

"是挺美！"出租车司机随声道。

那皑皑的白雪映衬着橘红色的阳光，在这寒冷的冬季让我感觉温暖无边。瞬间，身心皆融入到这美得纯净醉心的黄昏里了。遐想地平线的那边另一番的美：有巍峨的群山，山那边有浩瀚的海，海的尽头又是蔚蓝的天，真是夕阳山外山……

夕阳在不知不觉中，渐渐地隐没在地平线下，橘红色的余辉温柔地抚慰着大地的每一个村落，天空的一角依然被渲染出让人心醉的柔美，给人增添了无数的情思——伟大的梦想，坚定的信心，美好的回忆，无限的思念，淡然的感伤，莫名的惆怅，似水的柔情……纷杂的思绪此时都可因为这美丽的黄昏汇聚到一起，而让人无缘由地多愁善感起来。

这美丽的黄昏，突然让人感觉很寂寞。

2000 年

咏长江

国庆节，先生自驾车，带我和孩子回江苏老家探望父母。天气晴朗，我们的车从长江大桥上驶过。这是我第一次目睹真实的长江，长江诗一般的雄浑壮阔，让我惊叹不已。这气势恢宏的大好江山，让我更加热爱我们的祖国。

都说自古江南出才子，我现在才觉得是有一定原因的。一路走来，北京已是落叶纷纷的萧瑟之秋了，而南方却依然是山清水秀、绿意盎然。随处可见的水，带着那种灵秀的美，本身就给人以诗情画意之感。就连不是诗人平凡至极的我都想作诗，何况那些文思泉涌的文学家们。生活在这诗一样的环境里，时间久了，耳濡目染，我想他们也就顺理成章地作出好诗来了。难怪张若虚写出了一千多年来让无数人倾倒，亦使无数人心驰神往的《春江花月夜》。

当晚，我躺在床上，想起长江的美，还是心潮起伏，于是作了一首小诗，带着怯喜之心朗诵给先生听，他却给予了我充分的鼓励和肯定。

《咏长江》

江天一色空悠悠，

烟波浩渺泛千舟。

在水一方惊白鹭，

浪沙淘尽万古愁。

2014 年 12 月 20 日于北京家中

秋日私语

对秋天，我总是很感怀，那纷纷的落叶，给人一种凄凉的感觉。即便是那些满树金黄的秋叶、火红的枫叶，给人一种温情的美，但伴着萧瑟的秋风，也不免让人感到丝丝惆怅。

人生的少年、青年、成年及老年四个时期，犹如春、夏、秋、冬四个季节。秋天好比人生的成年时期，这是一个成熟与收获的季节。

秋天，走在以往树绿花红的街道上时，踏着已枯落的秋叶，望着树枝上那些不甘凋零的叶子，感受这萧瑟的秋，这真实又无常的人生。我身边各个年龄段的的亲友和患者，每次在不经意间听闻他们永远离开这个世界的消息，总让我忧伤又无奈，有一种"一朝春尽红颜老，花落人亡两不知"的感慨。所以要格外珍惜当下的每一天，让自己每天都尽力保持平和的心态和愉悦的心情，度尽此生。

1999 年

北京的秋天

北京城像是一位外表古朴、品貌端庄、气质优雅、内涵深邃的智者。唯有长时间和他相处，才会慢慢发现他极具魅力。

秋意阑珊的北京，每个角落都被渲染出秋之静美，街边那高大挺拔的银杏树，繁茂的叶子在阳光下泛着赏心悦目的亮黄；婀娜的垂柳风韵犹存，宛如优雅的少妇般端庄柔美；火红的枫叶温婉可人，又让人情思绵绵；古老的城墙上攀附着以绿色为基调的浓密的植被；护城河波光粼粼，微波荡漾，偶尔有玲珑的小舟悠然驶过。

秋高气爽的北京，天深蓝深蓝的，雾霾天已很少很少了，站在高楼上，向远处眺望，可见北京的西山一片黛青色，巍峨缥缈，山峦起伏跌宕，似远在天边，又似近在眼前，让人心旷神怡、浮想联翩。

秋天，整个北京城就像是一幅多彩画卷。

去任何一处都仿佛置身一幅秋画里，不禁想起纳兰容若的那句经典的"人生若只如初见，何事秋风悲画扇"。

在我看来这秋韵十足的北京，最有韵味的去处莫过于中国国家博物馆。中国国家博物馆位于北京市中心天安门广场东侧，与人民大会堂相对，免费参观。百闻不如一见，只有亲见，你才会为自己是个中国人而自豪和震撼！

夜暮降临，灯火辉煌，绚丽多彩的北京城更是与众不同，繁华的世界级大都市，古典与现代的完美结合，在千变万化的灯火交汇中尽显本色，国家大剧院就是一个好的去处。天安门前独树一帜的彩灯，在这瑟瑟的冷秋，给予每一个中国人最安心明亮的温暖。

进入秋季，人们食欲渐长，北京汇聚了全国各地的美食特色，人们可尽情享受。还有各类休闲及娱乐的场所，从大到小、从高档到低档，满足了各类人群的不同需求，各种饭店、餐厅、自助餐、大排档……随处可见。

北京这座城市，就像一本厚厚的古诗词集，要慢慢地细细地品味，才能感觉到它的无限淳美。我爱北京的秋天。

2019 年

山水之间

"醉翁之意不在酒，在乎山水之间也。"

这句出自宋代欧阳修《醉翁亭记》里的古文，脍炙人口。意思是醉翁的情趣不在饮酒上，而是在欣赏山水无穷尽的美好的心境上。

如果让我选择旅游去处，我首选有山有水的地方，其实人世间最美的风景就在大自然的山水之间。只有山没有水的地方，让人觉得粗犷，缺少水的秀美。只有水没有山的地方，让人觉得苍凉，缺少心的依偎。而城市的风景无论多么美好，似乎也脱离不了俗世的纷扰。

黎明时分，闪亮的启明星渐渐隐退，当万丈橙红色的霞光，从云隙中垂泻到大地时，万物生机勃勃，鸟儿的鸣声打破山水的寂静，泉水叮咚，和谐悦耳，人们从熟睡中渐渐睁开惺忪的双眼，瞬间遣散眼饧骨软的懒。

山水之间的花草树木，皆一花一世界、一草一红尘，尤其是漫山遍野的绿色，让心灵充满对生命的渴望。在大自然的怀抱里，立足山水之间，仰目苍穹，天蓝、云白、鸟鸣，心旷神怡；极目远眺，青山、翠柏、草木，巍峨壮观；举目近观，落花、流水、鱼儿，醉卧石畔，真是风景亦醉人。

傍晚时分，夕阳的余辉映衬得晚霞无比柔美，透过山水之间，仰望没有空气污染的纯净天空，再静赏这柔情百生的夕阳红。

最美不过温柔的夜色，幽远静谧，月光柔和地洒满大地，满天的繁星像无数颗宝石镶嵌在夜空，一闪一闪地绽放着光芒，它们像是在欢快地眨着眼睛，偶尔可见流星从夜空划过，心头即涌起天上宫殿一个个美丽的传说……仿佛自己也已飞升成仙，脱离尘俗，置身在那仙境一般。

坐落在山水旁边的小屋，炊烟袅袅、灯火闪烁、繁星点点，偶尔闻及几声犬吠，身边的草丛中可闻虫儿的窸窣，心灵即刻平和、舒缓、温馨、柔暖。

此时，我情不自禁地想起了陶渊明的《饮酒》：

结庐在人境，而无车马喧。

问君何能尔？心远地自偏。

采菊东篱下，悠然见南山。

山气日夕佳，飞鸟相与还。

此中有真意，欲辨已忘言。

2012 年

薄雾中的小树林

有多少如梦如烟的往事

如薄雾中葱翠的小树林

枝枝叉叉根植在我们心灵深处

这诗一样的画面

会让谁的心

在不知所以然的忙碌中

能安然宁静下来

而释怀呢

如莲花开一样

出淤泥而无染

内外明洁

清净欢喜

悄然涌入心底

温暖如春

又如这小树林旁

光洁如镜的湖面

荡起圈圈美丽的涟漪

夜

轻轻的

夜用它朦胧的面纱

遮住了最后一抹晚霞

它是那么的温柔

让无数颗星星依恋

而夜

却独爱月的皎洁

于是

有了大自然的静谧曼妙

幽寂恬暖

第八辑　感恩之心

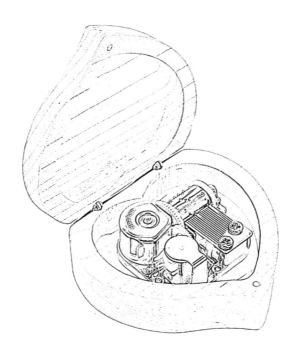

感恩的心

那天中午，我从北京丽泽桥的长途汽车站乘车到保定。正值炎热的夏季，我坐在车子里更觉疲乏，睡意也更浓。车子里并不热，刚驶出北京市不久，我便倚在靠背上睡着了。

车里环境比较好，人也不多，中途有两个人下车，车子一停，由于惯性作用，我被惊醒了。待那两个人下了车以后，我才发现，车子里出奇地静，除了汽车向前快速行驶的声音外，没有任何动静。我不禁环顾四周，车上的人除了司机，都在打盹，包括我身边的那位中年人，我不知道他是从哪一站上车的。

当时，我望着司机的背影，竟有一种从未有过的感动，确切地说是产生了一种感恩的心理。原来无论从事什么工作的人，都有他艰辛的一面。一位乘客在下车之际，微笑着对司机说："老兄，今天这车怎么两个多小时才到保定？"

"虽然是高速公路，可我也不敢开快车。"司机说着，拿毛巾擦了一把汗，笑了一下。我当时也看了一眼司机，心中生出无限感慨。我想，生活中每一个人可能都是在很多陌生人的帮助下而幸福地生活着，而大家可曾都意识到了呢？

当我们探亲访友或在回家的路上，尤其是当我们在漆黑的深夜，静卧在明亮而舒适的车厢内时，我们可曾感恩于辛劳的司机们？

当我们吃着香喷喷的米饭和蔬菜水果，我们可曾感恩于那些辛苦、勤劳的农民们？

当我们住着舒适的高楼，我们可曾感恩于那些顶着炎炎烈日、冒着生命危险，夜以继日工作的建筑工人们？

当我们踏进一座整洁而又美丽的城市，我们可曾感恩于那些辛劳的清洁工人们？

当我们在寒风刺骨的深冬，享受室内如春天般的温暖时，我们可曾感恩那些时刻有生命危险的煤矿工人？

当我们生活在这样国泰民安的年代里，可曾感恩于那些守卫边疆、守卫安全、背井离乡、站岗放哨的官兵们？

当我们穿戴各种服装、鞋帽及装饰品时，可曾感恩那些设计者、制作者和商家们？

当我们在事业上有了一定成就时，我们可曾深深感恩于默默无闻地关爱我们的老师？

当我们生病或意外受伤特别痛苦时，可曾感恩那些给我们治病，抢救我们生命的医生护士们?

当我们到饭店去享受各种美味的时候，我们是否感恩那些辛苦忙碌的厨师与服务员们?

当我们在爱情或婚姻上拥有了一定的幸福时，我们可曾感恩于我们双方的父母，可曾无怨无悔地去孝敬他们?

我们可曾感恩过身边所有无形中能让我们拥有幸福生活的各行各业的人们?

当一些国家发生战乱百姓流离失所，而我们却如此安宁幸福地生活，我们可曾感恩自己的祖国和国家领导?

感恩父母，感恩师长，感恩祖国，感恩众生。

懂得感恩的人，必定是一个活得温暖快乐自如的人。

2002 年

医患之间

中国有句医学古语"上医治未病"。这句话其实源自一个典故：春秋战国时期有个名医扁鹊，一天扁鹊拜见魏文王，魏文王问扁鹊："你们家兄弟三个，都精于医术，到底哪一位最好呢？"扁鹊答道："长兄最好，仲兄次之，我最差。"

文王再问："那为什么你最出名呢？"

扁鹊答道："我长兄治病是治病于病情发作之前，即上医治未病。由于一般人不知道，他事先能铲除病因，所以他的名气无法传出去，只有我们家的人才知道。我仲兄治病是治病于病情初起之时，即中医治欲病。一般人以为他只能治轻微的疾病，所以他的名气只及于本乡里。而我扁鹊治病，是治病于病情严重之时，即下医治已病。一般人都看到我在经脉上针灸、放血，在皮肤上敷药等来治疗这些重病之人，所以以为我医术高明，名气因此响遍全国。"

文王说："你说的有道理。"

这就是流传千古的"上医治未病"的典故。当然里面也不乏扁鹊的谦虚之态。其实他们兄弟三人，对于所有病人来说都是一样重要的。

通过这个故事，我情不自禁地产生联想，如今的三甲医院就好似名医扁鹊，二甲医院好似扁鹊的仲兄，而社区医院好似扁鹊的长兄。

社区医院就好比上医治未病，承担着防患于未然的重大职责，从婴幼儿、儿童、孕妇的预防保健开始，到中老年人的慢病筛查及系统管理等工作，皆体现了社区医生们防病重于治病，以预防保健为主的工作价值。

我被调到北京市的一家社区医院工作后，负责的是围产保健工作。次年，经区保健院几次现场工作考核后，我被区卫生局评为围产保健工作先进个人，也被单位评选为先进个人。我很清楚我的工作和那些最优秀的同行们比还有很多不足之处，所以获得这份荣誉只会使我更加努力。

我的工作很平凡，也很烦琐，除了完成一些电子的工作报表，还需整理十几个纸质版登记本的资料。辖区户籍和常住外地户籍的每一个孕妇的资料，以及新生儿的健康等相关情况，都要详细登记。国家科学地管理掌控这些数据，目的是优生优育，降低产妇和新生儿死亡率。因此提升全民族身体素质，意义重大。

作为一名医生，多年来，无论在哪个岗位，对待患者，我习惯换位思考，无论工作多么累，我都尽最大努力让患者高兴地离开。给婴幼儿健康体检时，我听诊特别仔细认真，确保不会漏诊疾病。

为了更好地提高产后访视率，除了建册时宣传外，我在给每一位孕妇孕期 34 至 37 周电话追访的时候，都着重强调让她们产后与所住辖区的社区医院联系访视，并特别强调产后医生免费上门访视的重要性。

每个产妇满月后，母子健康档案数据需回收存档。这些数据要准确无误，因为每一个孕产妇及新生儿的详细信息最后都要上报。为了确保回收母子健康档案信息，孕妇建册时需要交押金，孩子满月退册时，可以退回。有的产妇分娩后，在外区休养或居住地较远，所以不打算回来退册，我就经常打电话催促她们。有位产妇我先后打了七次电话才追回档案，她家属来了之后说："我们真不想来退了，太远了，可是你们的服务态度让我们不好意思不来，还是得支持你们的工作呀！"我听了很欣慰，毕竟我的努力得到了认可。

有位产妇家住外区，我已经多次电话通知她的家属来退册。一个冬日，产妇家属下班时间打电话来，说白天上班实在没时间，询问下班后是否能等他一会儿，我说可以等，结果下午五点大家下班后，我就在办公室等他。还好，那天他没堵车，不到五点半就到了，退册后他连声道谢，我也微笑着感谢他配合我的工作。

无论从事哪个专业的医生，对待患者，要换位思考，不忘自己从医的初心，工作起来自然会积极主动有热情。目前，除了围产保健工作，我几乎每天都要下社区入户上门，去访视辖区所住的产妇和新生儿，进行母婴健康体检和科学指导。除此之外，我还承担着儿童计划免疫和儿童门诊健康体检等工作。

偶尔难免碰上无理取闹的个别患者。遇到这类患者，医生们只能凭借高尚的医德医风及道德修养学会忍耐。

从医多年来，大小医院我都工作过，我身边接触过的医护人员大都是很敬业、很无私、很高尚的。大家时刻以治病救人为己任，体现着自己的人生价值。既然我们选择了这个又累又高风险的以奉献为主的职业，自然会心甘情愿来工作。

尤其是临床医生，工作起来，每天不能按时吃饭，不能按时下班回家，甚至上卫生间的时间都要自我控制。这些在医院里已司空见惯，大家习以为常，私下里没有一个医护人员因此抱怨。作为同行我真的很敬仰也很同情大家。其实大多数患者都懂得理解并感恩医生。

抛开各种高调的言词，我们换位思考，假如你是一名医生，在你从医的生涯里，无论何时何地何种情况，肯定不愿意自己救治的患者有一例失败或死亡的吧！所以，大家对医生的误会很多都是来自传说。

众所周知，2003 年全球爆发的 SARS，当时简称"非典"。其传染性是相当强的，死亡率是相当高的。当时只要参与抢救的医护人员随时随地都可能被迅速传染而死亡。然而，当时各大小医院内部所有的医护人员没有几个退缩的，主动报名到一线去抢救患者的医护人员太多了，太多感人的事迹，普通民众并不知晓。也正是由于千万个医护人员参与了非典相关预防及抢救工作，局面才最终得以彻底控制。然而为此付出生命及沉痛代价的医护人员及其家庭，普通群众又如何知晓呢。

医生是人不是神，医生可以治疗患者的病，但医生不能彻底保佑患者的命。如果大家都懂得了这个道理，学会换位思考，就会减少很多医患纠纷、医疗纠纷。

不可否认，任何一个行业都会有个别素质低的人，那一定是个人修养与品德问题，与从事的职业毫无关联。医生队伍里难免也有极个别这样的人存在，但是希望大家不能以点盖面，而否定了医疗界所有不忘初心、救死扶伤、无怨无悔、默默无闻、勤勤恳恳，日夜守护大家健康的可爱的无比辛劳的医护人员。

医患之间彼此都要换位思考。以宽容和爱心互相理解，彼此加强沟通技巧，就不会加深误会！中国的医护人员真的很辛苦。中国人口，遥居世界之首，所以医生护士们的工作量可想而知。

北京是中国首都，医疗科技居全国之首，病人更是密集，可想而知医生和护士们每天的工作量。

举一个我亲身经历的例子吧。一次我准备下午带孩子去三甲医院看孩子脸上长的痣，仅仅是一个门诊科室，我和孩子中午提前两个小时就到挂号窗口提前排队了。下午一点半正式开始挂号，结果号是挂上了，但是仅这个科室我们就排到四百多号了，候诊大厅人山人海，甚至比火车站还拥挤，全国各地的患者都有。于是我征求孩子意见："要不我试试找找人，看能不能再加个治疗科的号？我们自己排队挂的这个号，估计今天下班时间才能看上。就算今天看上了，也没时间治疗了呀。咱俩都是请假来的，你耽误学习，我耽误工作，总请假也不合适。"

结果，读初二的孩子回了我几句话，让我既惭愧不已，同时又很欣慰。他说："妈，别找了。你想把医生们给累死吗？你也是医生啊！你看这人山人海的，医生就固定那几个，我们先回家吧。改天还是让我爸爸网上提前预约一下再来，比较靠谱。"于是我和孩子决定回家，没有在那里等。这只是北京一个三甲医院的普通门诊，人就如此多。医生们除了平时的工作，工作之余还要不断学习新的医学技能与知识，很是辛苦。

宽容别人，理解别人，换位思考，快乐自己。

记得马克思说过："你希望别人怎样对待你，你就应该怎样对待别人！"

己所不欲，勿施于人。以诚待人，以感恩的心来对待生活和工作中接触的每一个人吧，因为有了这些人，才有了我们多彩的生活和人间的温情。医生要感恩所有患者成就自己高尚的职业，患者更要感恩医生能治病救命。

2011 年

逛商场

许多女人可能愿意逛商场，但我不喜欢逛商场。

在一个很无聊的休息日，母亲突然对我说："别人家的女孩子都爱出去玩，你却总是闷在屋里看书，休息日出去转转，散散心多好，一点儿年轻人的朝气都没有。"

"有什么好转的？二十几岁的人了，不同于十几岁。"我轻轻地说。

"十几岁的时候，你也是这样，就喜欢闷在家里。"母亲显然对我的闭门自守很不满意。

"你年轻的时候，喜欢出去逛街吗？"我不禁好奇地问母亲。

"我们那时在农村，哪有什么商场，有的只是离家十几里路的小镇上的集市，还是一三五或二四六规定好的日子，小镇上也有那么一两家小小的商店，村里的姑娘每到赶集的日子，都要大清早起来，好好打扮一番，之后要走一两个小时的路才到小镇。"母亲提及往事总是很兴奋，仿佛年轻时代的影像就浮现在她的眼前，"现在这城里的东西各式各样，应有尽有。来回坐公交车，很方便，喜欢什么就买点儿什么，多好啊！"

听了母亲的建议，我心动了。穿过客厅，来到阳台上，发现外面晴空万里。秋末冬初，温暖的阳光普照着大地，驱走了一些初冬的寒气。

"天气确实不错，出去转转也可以！"我转身回到客厅对母亲说。

"有钱吗？要不我给你点儿。"母亲关切地问。

"有啊，都工作了，怎么能没钱？不用你的钱。"我爽快地说，实质上我的钱总是屈指可数，因为自己是普通工薪阶层，参加工作后，确实勉强自立了，但没有回报给母亲什么，心里本就不安。

"还是从我这拿点吧！买两套新衣服，我看你总是穿那么几件旧衣服，年轻一回，多穿几件新衣裳是应该的。"母亲说着准备从兜里掏钱。

"其实，我觉得穿旧衣服也没什么不好，只要自己喜欢，穿着得体大方，心情同样好。我真的有钱，你不要给我了。"我笑着对母亲说。穿上大衣，背好随身的挎包，与母亲说声再见便下楼了。

很久没有一个人悠闲地逛街了。大街上，车水马龙的景象、川流不息的人群、忙忙碌碌的身影让我很是感怀，双手插在大衣口袋里，很随意地走在人行道上，温暖的阳光照在身上感觉很舒服，街道两旁传出动听的流行歌曲，让人心潮澎湃，几乎想停下本就缓慢的脚步，来倾听那悦耳的音乐。

逛了几家时尚的服装店和精品屋之后，我来到了购物大厦，琳琅满目的商品、营业员清一色的着装、热情周到的服务、络绎不绝的顾客，瞬间使我对自己以前不爱逛商场产生了小小的遗憾。

我想，生活中最主要的便是购物了，怎样量入而出是个学问。能够根据自己的经济收入去享受生活，我认为是一种技巧。在这方面，我尽力把自己有限的工资收入有效地利用到生活之中，时间久了，也就不觉得自己清贫了，反而养成了一种良好的生活习惯。

作为一名刚参加工作的医生，工资并不高。在穿着打扮上，我喜欢自然美，这无形之中又节省了一部分开销。我也喜欢欣赏那些打扮得风姿绰约的女人，但也欣赏自己独有的气质。我认为女人的美丽气质不仅仅来自外表，更重要的是来自内在的修养与自信。

忽然间，我发现了一件适合母亲穿的羊毛衫，它的衣领是低的，样式很雅致，价格适中，很适合母亲独特的气质。我相信母亲定会喜欢它，于是买了下来，那是我平生第一次给母亲买礼物。伴着动听的钢琴曲，带着商厦播音员"希望每一位顾客高兴而来，满意而归"的甜美祝愿，我愉悦地走出了商厦。

从此，我开始稍稍改变了自己喜欢闷在家里的习惯，偶尔会一个人信步来到街上，漫步于繁华的街头，穿梭于茫茫的人海之中，从小精品屋逛到大商场，碰到特别喜爱的服饰就买下来。逛累了就到商场的休息厅坐下来喝杯热饮，或者到附近某个咖啡屋喝杯咖啡。

在幽雅的环境里舒展一下自己的身心，确实是一件很惬意的事。

1999 年

国庆节日记

今天是一九九八年十月一日，是我们伟大祖国的四十九岁生日，大街上到处洋溢着节日的气氛，我的心情很舒畅，心中默默祝福和祈祷祖国永远美好和强大。中国十几亿人口，五十六个民族，真为自己生活在这样日益强大的祖国而深感自豪和欣慰。

今日的天空格外蓝，朗空淡云，秋风微拂，气温宜人。

今晚又是月明星稀之夜，皎洁的明月有如一块大大的宝石悬在夜空中，放出夺目的光芒，清光溶溶，浸透天地，柔和的光线穿过玻璃窗撒在床上，让人柔肠百转、思绪万千、难以入眠，所有的思念不约而同地汇聚在脑海中。

披上衣服下床到书桌前小坐，突然想翻一翻当年医学院校同学的留言册，捧读姐妹们知心、真情的话语，望着同学们留下的青春倩影以及灿烂的笑容，无法不让人怀恋最美好的学生时代。斑驳的岁月吞噬着我们每个人的青春年华，留下的只是美好的回忆，让人回味。原来友谊如同爱情一样不可缺少。

　　忽然感觉有些凉意，夜已深了……

1998 年

采　摘

　　又一个五彩缤纷的夏季悄然而至，水果摊上的各种应季水果琳琅满目，味美诱人。五月下旬的北京，正是那种大樱桃刚刚上市的季节，贵的要几十元一斤。我想：如果能亲自到果园里采摘新鲜水果该是件很惬意的事儿。想一想置身于散发着香味的果园中，感觉就很美好。于是想去采摘园采摘的念头一直萦绕在我心中。

　　前几天，先生把一张北京晚报带回家给我看，原来是北京晚报上刊登着北京各区县樱桃采摘园分布情况简介，晚报上仅仅介绍各个采摘园的地点与联系电话就整整用去了半个版面的篇幅，让我大吃一惊。我数了数，北京周边居然有一百四十余家采摘园，真令人眼花缭乱，不知哪一家好。我让先生上网查了查，他说："找一个最近的吧，方便快捷，而且都是采摘园，差距应该不是很大。"他粗略地看了看网上的介绍，就近选了一个，那里不仅有樱桃还有草莓，恰恰儿子最爱吃的是草莓，所以我们就选定了这家采摘园。在一个休息日，我们一家三口驱车前往。

车行近半个小时就到了这个采摘园，一进园我就有点失望，那里的樱桃树林不是很繁茂，而且参差不齐，最高的树也就一人多高罢了。采摘园的樱桃树像是新栽的一样，有的树上稀疏地点缀着屈指可数的樱桃，有种万绿丛中一点红的感觉。很多樱桃树上一颗樱桃都没有，后悔来之前没有在电话里详细咨询一下。园主解释说第一批早熟的樱桃基本全部采摘完了，六月中下旬还有一批晚熟的可采摘。

园主还安慰说里面还有其他可采摘的东西，有草莓、小西瓜、小西红柿、黄瓜等。我们转忧为喜，让儿子拎着采摘园备好的小篮子，走进了草莓大棚，里面视野很宽阔，真是太大了。我们三人像是寻找宝贝似的在无数的草莓里寻找最好的那个。草莓秧都培育在大约和成人腰身那么高的培育槽里，所以采摘起来不用弯腰，感觉不累。儿子第一次见到草莓园，第一次采摘，兴高采烈兴奋不已。我和先生也感觉很新奇，儿子迫不及待地把草莓用矿泉水瓶里的水冲洗一下，边摘边吃了几个，还一边表示味道美极了。

之后我们又进了小西瓜园，成熟的小西瓜平均约二三斤左右，已成熟且可以采摘的，园长都系上了红布条，以免采摘的人误摘生瓜。大小不一的西瓜悬挂在西瓜架上，像是一个个可爱的小宝宝一样招人喜爱，儿子一点儿也不贪婪，只摘了一个，就出来了。

接着我们又进入了小西红柿采摘园，里面的小西红柿有多个品种，成熟后有绿色的、红色的、黄色的，还有带花纹的。放眼望去，五颜六色的西红柿一串串，可爱至极，簇拥在绿色的秧苗里，有的伸出叶子外，挺拔在枝头，光鲜亮丽，让人垂涎欲滴。

那种成熟后依然是绿色的西红柿，小的时候在农村，母亲每年都种一些，俗名叫"贼不偷"，很好吃，没有酸味。"贼不偷"在成熟后，颜色为绿色中微微泛着淡淡的黄，味道比红色的和黄色的西红柿还略胜一筹。现在培育出来的这些新品种西红柿，虽然是蔬菜，外观和口感却完全可以和水果相媲美。

孩子和先生都没有采摘的耐心，不久，就到采摘园外去等我了。我一个人在五颜六色的西红柿园里尽情地采摘，西红柿的秧苗都比我高些，采摘起来不用弯腰，加之我心情舒畅，采摘的量又不多，所以也不累。不过采摘还要有技巧，成熟的小西红柿的托柄也要一同摘下来，小西红柿才更诱人可爱，也好保存，所以手劲要拿捏好才行。

不知不觉间我把两个小筐都采满了。大棚里有些热，摘完后，我已汗流浃背了。那时才感觉我们平时买的各种水果，确实是经过农民们的辛苦劳动才进入市场的，瞬间心里有种说不出的感动。

　　出来称重时，我才发现采摘的水果比市场价贵两三倍，但前来采摘的人依然络绎不绝。如今人们生活水平提高了，更多的追求精神上的享受。希望我们在采摘的过程中，也生出一份感恩之情。

2011 年

双清别墅

百花盛开的五月，单位工会组织大家在不影响工作的前提下，分批前往游览了北京香山里的一个景点——双清别墅，进行爱国主义教育。游览双清别墅，既锻炼了身体，又丰富了知识，增加了爱国的热情。可谓一举多得。

在北京定居多年，但闻名全国的香山公园，我还没有去过。到了香山的双清别墅，我惊呆了，也被震撼了。经过工作人员的详细讲解，我才知道这座别墅虽然只是一座平凡又简朴的四间平房，但却是新中国成立前，毛主席工作生活的地方。

原来党中央三月从西柏坡进入北京城后，开始入驻的是香山，毛主席住双清别墅，其他国家领导人也居住在香山，距双清别墅不远。中华人民共和国成立前夕，有许多重大决策都是在这里进行的。南京解放后，毛主席在双清别墅挥笔写下了这光辉的史诗：

七律·人民解放军占领南京

钟山风雨起苍黄，百万雄师过大江。

虎踞龙盘今胜昔，天翻地覆慨而慷。

宜将剩勇追穷寇，不可沽名学霸王。

天若有情天亦老，人间正道是沧桑。

　　这里的毛主席办公室有个书架，上面还放有很多古旧的书籍。据工作人员讲，在他卧室里睡床的一侧也是专门放书的地方。毛主席认为，一个人如果没有知识，读书少，就像站在悬崖谷底低洼处，有了知识，读书多，就像站在悬崖峰顶，充满自信又让自己眼界无限开阔。

2015 年 5 月 15 日夜于北京家中

圆明园之殇

在北京定居十余年，我一直没有勇气去圆明园，我不敢去面对这个曾经凝聚着中华民族无限智慧与灿烂文化艺术的荒芜之园，也不想看到它惨遭西方国家的蹂躏、践踏、烧毁后的残垣断壁，更不忍心触景生情。

然而，内心对之的牵挂与爱恋又总让我难以释怀，唉！见与不见它都在那里，我时常这样安慰自己。

一次偶然的机会，我参观了国家典籍博物馆，详细了解了北京三山五园文化巡展中的圆明园展区，这让我更亲近并了解了圆明园。三山五园是指北京西郊沿西山到万泉河一带皇家园林的总称，主要包括香山静宜园、玉泉山静明园、万寿山颐和园、畅春园和圆明园。

圆明园，这座象征着清代盛世景象的皇家园林，始建于康熙年间，园林风景百余处，建筑面积逾十六万平方米，历经康熙、雍正、乾隆、嘉庆、道光、咸丰六位帝王共 150 余年的营造与扩建，融合了中国南、北及东、西方园林建筑精华，是中国历史上最雄伟的帝王宫苑，也是世界园林史上的伟大奇迹，是十八世纪最璀璨耀眼的明珠。

让我惊奇的是里面竟然还蕴含了媲美凡尔赛宫的西洋楼建筑群，法国文豪雨果曾赞叹圆明园是《一千零一夜》中的梦境再现。

起初，康熙皇帝将这座园林赐给四子胤禛（雍正皇帝），并命名为圆明园，意为圆而入神，明而普照。

在一个牡丹花盛开的季节，胤禛邀请康熙皇帝与四子弘历（乾隆皇帝）在圆明园中的牡丹台赏花，这就是历史上著名的三帝相会牡丹台，三朝天子曾相聚一堂，由此揭开了圆明园的辉煌盛世。我想对于雍正皇帝来说，牡丹台相聚，是他一生最难忘最美好最深刻的记忆。

雍正继位三年，开始大规模扩建圆明园，如同紫禁城的布局，将此园分为外朝与内庭之用，外朝可用于在正大光明殿坐朝听政，内廷则于勤政殿内处理政务，圆明园成为与紫禁城同等重要的御政之所。舒适怡人的园林景致，使雍正皇帝居住在圆明园的时间多些，而回紫禁城居住的时间少些。圆明园也就更彰显了它的历史价值。

圆明园的设计人是"样式雷"，样式雷是对清代两百多年间主持皇家建筑设计的雷姓世家的称誉。

除了圆明园本身的建筑之外，其中所藏有的大量历代珍贵文物更是数不胜数。因此它的损失是无法估算的。

雨果还赞叹说，一个几乎是超人的民族的想象力所能产生的成就尽在于此。然而就是这样一座代表中华民族智慧结晶的宝库，涵盖了清代社会政治、经济、文化及建筑等方面的美学、哲学、艺术的宫苑，被侵略者一把大火化为灰烬。

1860年，英法联军打砸抢烧，想把圆明园夷为平地，三天三夜的大火几乎把圆明园彻底毁灭，连同百名宫女、工匠、太监被无辜地烧死。因园林太大，建筑太多，水域太宽，残存了部分建筑，但侵略者怙恶不悛，1900年以英法美为首的八国联军再次对圆明园进行了彻底的践踏损毁，成为世界史上罕见的暴行。

写到此处，我的心在滴血，圆明园之殇，这民族的屈辱感，在我认为仅次于日本侵华战争。多年来，帝国主义列强们披着文明的外衣，高喊为了维护世界和平的口号，肆意践踏着、损毁着弱势国家的土地与生灵。我在想，他们的文明与发达究竟是靠什么得来的呢！他们毁灭了圆明园，却毁灭不了一个千年文明古国不朽的精神与气节。

现今残存的圆明园遗迹，会世世代代警示着每一个中国人，它只会让中国越来越强大！

2015 年 5 月于北京家中

读书是一种享受

读书这两个字，看似浅显，实则意义深广。除了学生正常的学习以外，对于我们成年人来说，读书更是有必要的。我们不仅仅是为了读书而读书，而是在享受读书的乐趣，开阔眼界和思想境界。在读书中，放松身心，提升自己的道德修养、内涵与气质。苏轼在他的《和董传留别》这首诗里曾这样写道："粗缯大布裹生涯，腹有诗书气自华。"董传当时生活贫困，衣衫朴素，但是他饱读诗书，满腹经纶，平凡粗糙的布衣也掩盖不了他乐观向上、高雅光彩的气质。可见读书对于提升一个人的气质有多么重要。

这说明一个人的气质不是刻意装扮出来的，他是一个人内心世界的真实映照。如果您是一个饱读诗书的人，就会由内而外产生一种书卷气；相反，如果您书读得少，无论怎么刻意打扮，也不会有那种从内而外散发出来的气质魅力，可见读书之重要。

随着科技的进步、社会的发展，现在大多数人都习惯读电子书，电脑、手机等电子产品层出不穷，电子书的优点就是方便快捷，可是在我看来，电子产品看久了，它放射的光线磁场对人的眼睛和身体是有害的，而且，它缺少了纸质书籍那种捧在手中的宁静与优雅。

中华民族拥有五千年的璀璨文明，文化底蕴深厚、光彩夺目，经典书籍浩瀚如海，是世界上任何一个国家都无法媲美的。就说绚烂多姿的唐诗宋词吧，字字珠玑，妙不可言，一脉相传，妇孺皆知。我们看见落日，就会想起王维的名句：大漠孤烟直，长河落日圆。这就是文化的魅力。还有一些古文，如《古文观止》中描写的意境更是美不胜收。

秋天，夕阳西下，彩霞满天，当我们看到水鸟在浩瀚无垠的水面上游弋，我们就会情不自禁地想起王勃在《滕王阁序》中的名句：落霞与孤鹜齐飞，秋水共长天一色。这样"走心"的诗句，让我们的心灵顿生美好的情愫。

走近唐朝诗人张旭：

桃花溪

隐隐飞桥隔野烟，石矶西畔问渔船。

桃花尽日随流水，洞在清溪何处边。

读来如同身临其境。宋词里更是有着让人心灵渐溶曼妙佳境之美。走近宋代辛弃疾：

虞美人·赋虞美人草

当年得意如芳草。日日春风好。拔山力尽忽悲歌。饮罢虞兮从此、奈君何。

人间不识精诚苦。贪看青青舞。蓦然敛袂却亭亭。怕是曲中犹带、楚歌声。

《诗经》里的文字更是语句精炼至极、美不胜收、深具内涵，如"桃之夭夭，灼灼其华。之子于归，宜其室家"，读来让人身心美好愉悦。

还有那些能够提升我们道德修养的书。中国这类书籍太多了，从《四书》《五经》到《道德经》《庄子》《菜根谭》等，这些书籍都是我们灵魂的指引，它能引导我们走向正确的道路，让我们在治家修身中感悟到生命之美、奉献之美、善心之美和仁爱之美。

我还是在学生时代读过《菜根谭》，这是一部正身修心、养性育德的随笔文集，既有深刻的人生感悟，又洋溢着浓浓的文学魅力。我记忆最深的是这两句话："不责人小过，不发人阴私，不念人旧恶，三者可以养德亦可以远害。""宠辱不惊，闲看庭前花开花落；去留无意，漫随天外云卷云舒。"

这两句话对我的成长非常有益，让我时刻提醒自己做一个有德行的人。做一个心境淡泊美好的人，如飘逸洁净的云彩，舒卷自如。

《三字经》里说："玉不琢，不成器；人不学，不知义。"孔子曾说："三人行，必有我师焉。"所以我们要尊重身边的每一个人，谦虚为怀。每个人都有他独树一帜的长处和优点，都是我们学习的榜样，以这样的处世哲学去生活，自己快乐，也会给别人带来温暖。

感恩所有书籍的作者，给予了我们最宝贵的精神食粮，净化我们每个人的心灵，对这个世界所有的人都温柔以待。

2017 年 3 月 13 日

心灵的归宿

崇高的信仰如同我甜美的爱情、幸福的婚姻、热爱的事业一样，让我的心灵有了一个安然的归处。有了信仰犹如一艘风雨中漂泊摇摆不定的航船，忽然驶进了一处温馨又宁静的港湾。从此我的生命如夏花一般绚烂，如冬雪一般净美。

信仰是自由的、美好的。高尚的信仰只会让一个人的心灵更纯净。当很多人不理解功成名就的李叔同，即一代高僧弘一大师当初为什么要出家时，我记得他的学生，著名的漫画家、散文家丰子恺先生曾经这样解释过：我以为人的生活，可以分作三层，一是物质生活，二是精神生活，三是灵魂生活，物质就是衣食，精神就是学术文艺，灵魂生活就是信仰，人生就是这样的一个三层楼。我虽用三层楼做比喻，但并非必须从第一层到第二层，然后到第三层。有很多人从第一层直上第三层，不过我们的弘一法师是一层一层走上去的。

弘一大师出家前所著歌词《送别》意蕴深悠、经久不衰，自有它的道理。他先后培养出了著名的漫画家丰子恺、音乐家刘质平等一些文化名人，为世人留下了咀嚼不尽的精神财富。

　　佛陀从印度梵文音译过来，有"觉悟者、智慧者"之意，大致相当于中国传统的"圣人"这两个字的含义吧。佛法真正的内涵是慈悲和智慧。慈悲能融化恶念，智慧能解除烦恼。南怀瑾大师这样解释慈悲："慈悲是两个观念组合起来的佛学名词，慈是父性，代表男性的爱，至善的爱；悲代表了母性至善的爱，慈悲是父母所共性的仁德。是至善，无条件，平等，所以叫大慈大悲。"

　　生活中把圣人的教诲落到实处，让人积极向上，具足正能量，这个信仰才是正信，而不是迷信。比如做子女的，从小要孝顺父母、尊敬师长，婚后夫妻双方要各行其职、彼此忠诚，做好自己的本分。做媳妇的只管真心孝敬公公婆婆，做女婿的只管用心孝敬岳父岳母，先把自己做得尽善尽美，而不要盯着对方及其家人的缺点不放去牢骚抱怨。事业、工作、生活、学习，与各种人打交道，要时刻反省自身存在的缺点和不足，多看别人优点，努力做好自己，不断提升自己的修养，以诚待人处事，肯吃亏，最后必然厚德载物。

　　中国有一句俗语：吃亏是福。时刻有一颗感恩的心，时刻有一颗知足常乐的心，时刻有一颗真善的心，时刻有一颗宽容的心，时刻有一颗安忍的心，那么身边很多人和事都会让你感到快乐，而不是感到烦恼。

当你觉得自己贫穷的时候，想想那些在物质上不如你的人；当你觉得不自信的时候，想一想你其实是这个世界上的唯一，没有人能代替你；即使你现在一无所有，并不能代表你一生都一无所有；就算你一生一无所有，你还拥有健康，可以用你勤劳的双手来为人民服务，同时体现自己的人生价值。三百六十行，行行都需要有人来服务；再想想那些因患病或意外忽然失去生命的人，和他们比你每天依然能享受到温暖的阳光，赏蓝天白云，观云卷云舒，看碧绿的原野，望袅袅炊烟升起，这时的你应该是最幸福的。境随心转，一切都是美好的。不要让贪婪蒙蔽了你先天那颗纯洁的心，不要羡慕那些你可能永远达不到的富贵生活。

偶然看到一段星云大师的语录："第一富有的人是谁？《佛所行赞》卷五中说'富而不知足，是亦为贫苦。虽贫而知足，是则第一富。'是贫？是富？懂不懂得知足，能不能够在当下的因缘中，寻出一片自在清淡的人生。"这是真正的信仰在实际生活中的体验。

中国古语云：积善之家必有余庆，积不善之家必有余殃。

善因善果，恶因恶果。唯有我们自己的善念善心善言善行才能保护我们自己和家人的幸福、平安与快乐。

从古至今，上至帝王将相，下至普通百姓，都有自己的信仰。科学的信仰才是具足智慧和正能量的。

一个人可以没有最高贵的身份，却可以拥有最高贵的灵魂。

对我而言，崇高的信仰，既如大海一样深奥，深不可测；亦如小溪一样清浅，垂手可得；又如阳光一样明媚，亦如月光一样静美。

丰子恺这样说，不乱于心，不困于情，不畏将来，不念过往，如此安好。

2017 年春天于北京家中

爱 国

一日和孩子聊天，我对十岁的儿子说："你要好好学习，长大成人后，要时时不忘报效祖国。你看，新中国第一任总理周恩来，小时候就立志为中华之崛起而读书，最终有志者事竟成，长大后真当了中国的总理，而且受到全国人民和全世界人民的爱戴与敬重啊！"

孩子看着我说："总理只有一个，中国这么大，如果我将来就是一个普通人，怎么报效祖国呢？"

我回答他："国家兴亡，匹夫有责，国家靠的都是咱们这些普通人啊！毛主席曾说一切为了人民、一切依靠人民，我们就是人民的一员。而且中国有句古语，百善孝为先。你孝敬我和爸爸是小事，你将来要孝敬祖国母亲是大事。她才是每一个中国人最永恒最伟大的母亲。有国才有家，有家才有你我，才有了你今日的幸福生活呀！你明白吗？"

孩子回答："我明白了！"

我又说："你记得在电视里看抗日战争记录片的感受吗？

还有我们去抗日战争纪念馆见到的那些南京大屠杀展览的物品，都还记得吗？"

"记得，妈妈。我们中国人那时好可怜呢，可恶的小日本。"

"那是他们之前的罪恶，现在可不能用可恶这个词了。现在是和平年代，人家又没欺侮我们，人不能活在仇恨的记忆里，这样只会增添自己烦恼。当然，国耻是坚决不能忘的，历史是不能忘的。为了新中国的成立，有无数先烈受到了常人所不能想象的屈辱和苦难，最后默默无闻地牺牲了，就连毛主席的儿子都战死在了抗美援朝的朝鲜战场啊。我们的五星红旗真的是无数先辈鲜血染红了它呀！它时刻提醒着每一个中国人要居安思危。

"其实欺侮过我们中国的，可不仅仅是小日本，别忘了还有火烧圆明园的英法联军和伙同在一起的八国联军呢！圆明园可是世界级的最大最灿烂的帝王宫苑，也是藏满中国无数奇珍异宝的历史文化宝库啊！"

"还有八国联军也欺负我们中国！"儿子气愤的神情。

"他们打我们，又公然践踏我们的祖国心脏，说明了什么？"

"说明了他们恃强凌弱！"

"所以，中国现在富强了，他们不敢欺负了，可是妈妈这一代人到时没有了，都去世了，那中国未来靠谁保护呢？"

"当然靠我们这一代。"

"是的，少年强则国强，那就好好学习将来为报效祖国而奋斗吧！"

"妈妈，我是这样想的，我们需要没有战争的和平啊！"儿子手舞足蹈着，高兴地说。

听了他的话，我很欣慰，孩子幼小的心灵更爱好和平啊！我告诉他，要好好珍惜我们今天来之不易的幸福生活，要感恩这些为了新中国成立，为了祖国的和平发展付出代价的所有人。要爱祖国，爱人民。

一个人可以平凡，也可以考不上大学，但是一定要有自己的理想，有文化知识。三百六十行，行行国家都需要，选择做自己感兴趣的事情，做一个对国家、对社会、对家庭有用的人，做一个爱国、敬业、诚信、友善的人，才不虚此生。

社会主义的核心价值观是富强、民主、文明、和谐；自由、平等、公正、法治；爱国、敬业、诚信、友善。新时代的中国更加注重中国传统文化的发扬，这条古老的巨龙再次腾飞起来了。人民更加团结和谐，正向中华民族的伟大复兴迈进。

2015 年 6 月 14 日于北京家中

妈妈给孩子的一封信

究德你好：

此时此刻，我提笔写这封信，不禁泪湿双眼，心情无比激动，有感恩，有幸福，有惭愧，有喜悦……

感恩的是北京科技大学附属中学领导和所有老师给了你一生中最最重要的，高中三年学习成长的机会。

幸福的是在中国几千年来最美好最兴盛最科技的时代里，在岁月的磨砺中，你终于健康平安地长大，即将成为一名大学生。

惭愧的是我作为母亲，对你成长时期心灵和精神的呵护太欠缺，尤其是小时候让你在外面受了很多委屈。对你学习方面的教育和关心很不足，对你良好生活习惯的培养更不够。在这里，妈妈真诚地向你道歉，对不起，当我懂得做个好妈妈的时候，你已经长大成人。

喜悦的是妈妈对你品德的教育和培养初见成效，你开始懂得孝心长辈，懂得尊敬老师，懂得团结同学，懂得学习的目的和人生未来的成功，绝不仅仅是为了考上一个好大学而已。你开始懂得考上大学之后，要学有所成，要用自己的知识和德行报效祖国，为国家强盛努力，为社会和人民服务。

中国有句俗语，有志者事竟成。每个人的一生都要有大大小小的梦想，有梦想才有奋斗的动力，梦想最终能否变成现实，是否成功并不重要，人生的幸福其实就在追求梦想的过程！让生命的激情点燃梦想的火焰，尽情地畅享你的青春之歌！

妈妈从小的理想是做一名医生，治病救人，经过自己的拼搏奋斗，长大后我实现了这个理想。我初中的时候就特别喜欢听刘德华的歌曲，我做梦都不敢想一个农村小女孩，有一天能亲自到现场看刘德华的演唱会。然而前几年，我的梦想成真了，当时咱们家就住在北京五棵松体育馆附近，刘德华就在那里举行演唱会，爸爸妈妈一起去现场看了刘德华的演唱会。

妈妈工作之余坚持写作，坚持了二十年。2010 年到 2011 年间，妈妈在中国最大的起点文学网站发表了小说，当时喜欢的读者很多，点击率很高。记得当时起点中文网的一个叫包子的编辑和我约谈，想让我和网站签约，妈妈那时正忙于工作、家庭和其他事务，拒绝了和起点中文网签约。

所以文章最后停止在起点中文网的持续发布。但我还是特别感谢起点文学网站给了我自信，并让我的文章有了机会让那么多读者阅读。妈妈现在正在和北京的一家出版社商谈我的散文集出版事宜，待你考完大学，没有特殊情况，妈妈就准备正式出版我的散文集。我说这些的目的是告诉你，人只要有梦想并努力为之奋斗就会有实现的可能，自信和坚持最重要。

周恩来总理从小就立志为中华之崛起而读书，他一生没有儿女，鞠躬尽瘁死而后已，毛泽东主席一生都在为世界与中国的和平发展而忘我的付出，一切为人民服务，他原配夫人和儿子为国家大无畏牺牲的精神，是我们每个中国人学习的榜样！两位新中国开国领袖，他们临终没有豪宅没有财产，却名垂千古！我希望你将来的人生一定要以伟人圣人为榜样，不断激励自己上进，做一个虚怀若谷、有担当、讲诚信、有责任感、有大格局、有善心、有爱心、有包容心的人，做一个真正的厚德之人！己所不欲，勿施于人。一定要言行忠信，遵纪守法，同情弱者。

与任何人相处、做任何事不可有投机取巧占便宜的心理。肯吃亏，肯吃苦，多忍让，要多为别人付出。中国有句古语，百善孝为先，你做到这些才是真正的孝顺爸爸和妈妈。弟子规言："德有伤，贻亲羞；非圣书，屏勿视；蔽聪明，坏心志。"近朱者赤，近墨者黑，空闲之余一定记得不可以看那些低俗的毫无意义的网络视频，恭敬远离负能量的朋友，否则这些会不知不觉让你有损德行甚至堕落。

走向社会参加工作以后，踏踏实实把本职工作做好！家里家外都要无私无我的付出，让家人安心，让领导满意，让同事满意，让你服务的人群满意。没有最好，只有更好！

作为普通人，我们也要自信，三百六十行，行行出状元。中国十几亿人口，各行各业都需要人才。无论你将来从事什么职业，你成人之后，要有自己独立思考选择的能力。只有你喜欢的擅长的职业才是你最好的事业，爸爸妈妈会给你提供一些现实生活的参考意见，未来人生的爱情和事业，我们一定会尊重你的选择。当然你无论在爱情还是在事业上都要慎重再慎重，一旦坚定选择了就要好好珍惜。对待爱情和工作的态度更是衡量一个人品格德行的标准，对待爱情必须忠贞不渝，对待工作必须认真负责热情。这样的人生才会拥有安心踏实的幸福。

没有人一出生就是成功的。所有的成功都要靠自己去拼搏和奋斗。正如清华大学校训：自强不息，厚德载物。其实在我看来它就如同你们现在学的《论语》之内涵，道德才是永恒的价值。社会再发展，科技再进步，中国古圣先贤典籍的精髓其实都能用得上。作为炎黄子孙，我们中国五千年文明历史，文化底蕴经久不衰的原因，正是因为中国这些璀璨的传统文化充满了伟大智慧。取其精华，结合现代实际生活和高科技，实现中华民族伟大复兴的中国梦指日可待。

你应该永远为自己是一个中国人而骄傲。五千年华夏文明的泱泱大国，独树一帜屹立在世界之上！

位卑未敢忘忧国，有国才有家，中国的未来靠的是你们这一代和下一代。所以你们肩负的使命是很伟大而神圣的！我们作为普通人更要自信，社会的发展、国家的繁荣昌盛，离不开我们任何一个普通人的付出，正所谓天生我材必有用。

每个人都在平凡中孕育着伟大，所以我们既要自信又要谦虚，中国传统文化的精髓告诉我们，道德与智慧才是价值，不是你考上了名校就是成功。考上大学固然很重要，大学是人生的一个转折点，所以现在必须勤奋，几分耕耘几分收获。没有人能随随便便成功！确实，这个时代没有文化生存很难，所以必须努力学习各种适合自己的专业文化知识。先要保证自己能够独立生存，然后才能为国为家做出自己的贡献。因为父母总要有离你们而去的那一天，生老病死、天灾人祸，是人生的无常，这是现实也是事实。正如《钢铁是怎样炼成的》主人公保尔·柯察金这句名言："人最宝贵的是生命，生命每个人只有一次，人的一生应当这样度过，当他回首往事的时候，他不会因虚度年华而悔恨，也不会因碌碌无为而羞愧。当他临死的时候，他能够说，我的整个生命和全部精力都献给了世界上最壮丽的事业。"

所谓成人礼，就是告诉你，你已经不再是依赖父母的小孩了，你已经是成年人了，要有独立思考的能力了，要有家庭和社会责任感了，要有承担和抉择人生大小事情的使命感了。未来的生存要面对顺境、逆境和无常，这些不可知的未来，都要靠你自己做好思想准备来承担了！比如说，妈妈出生在农村，从小在农村长大，又失去了父亲。母亲含辛茹苦把我们兄妹养大，然而我的母亲，在你刚出生六个月时就去世了。我的人生完全都是靠我自己勤奋努力的结果。没有父母可以依赖。我今天能够在北京安家落户，完全靠的是我自己的勤奋学习和努力付出。当然我父母对我的培养，让我受益一生。妈妈的经历告诉你，人生只要肯拼搏努力奋斗，时时用善心对人对事，受到委屈和误会时也不用难过，不愧己心，只管好自己，不要管别人如何，不断提升自己修养。结果自会有意想不到的收获！

究德，爸爸妈妈平凡如大海里的一滴水，沙漠里的一粒沙，但是无论在家庭或是在社会上，我都觉得我是最幸福的人，因为我努力真心善待身边一切人。《弟子规》言："见人善、即思齐，纵去远、以渐跻；见人恶、即内省；有则改、无加警。"这是妈妈家里家外做人的原则。

人生无需为逝去的一切遗憾，纠结过去是愚蠢且毫无意义的。珍惜当下的拥有才是智慧，展望未来，你只需付出最大的勤奋和努力，人生的奇迹和美好在未来等着你。对每一个热爱生命的人来说一切都有可能发生！努力让自己一生不后悔，足矣！即使考不上理想的大学也一样可以为国家为社会创造自己的价值，奉献自己的光和热，不虚此生就好。塞翁失马焉知非福？

真正的成功是你将来走向社会之后要学会付出和善待他人，不仅要给家庭亲友带来安心快乐与和谐，还要给集体、给社会、给国家带来正能量。让身边的所有人因为遇见你而快乐，从家庭到社会，看看自己每天给别人、给社会带来多少利益和正能量？你自己就会有多少幸福和快乐！希望你上大学之后，空闲时间一定多看看中国古圣先贤的书籍！人不学不知义，不可固执己见。要懂得尊重所有的人。自信是快乐的基石，坚持是成功的支柱，谦虚是进步的阶梯，厚德是幸福的根源。究竟什么是厚德，善良智慧为本，仁、义、礼、智、信，温、良、恭、俭、让。点滴小事都要换位思考，利人利己，凡事有一颗为他人着想的心，忍人所不能忍，行人所不能行！

你即将参加高考，妈妈希望你努力拼搏不后悔，同时又要放松心态，考上一个和你实力相匹配的大学就好！考上什么大学不是最重要的，最重要的是你将来走向社会能为我们的祖国、为社会、为人民能做出多大的贡献！家里家外都要做个真正厚德之人，家庭幸福，事业顺心。这个是妈妈最期待的。我之所以给你起小名叫究德，只希望你未来做一个厚德的人！切记，勿以恶小而为之，勿以善小而不为！妈妈希望你每天，"德日进，过日少"。

《弟子规》圣人训："勿自暴，勿自弃；圣与贤，可驯致。"我们要听圣人智慧的教诲必会受益，所以必须自信！这就是妈妈送给你的成人礼物，你要真正从内心接受它并落实到生活的点点滴滴！懂得道理后要落实到一言一行，才配称得上是一个德才兼备之人啊！在这里我还要感谢科技大学附属中学的老师们辛苦付出。

学海无涯，只要你努力了就好，每个人智商不同、命运不同、追求不同、价值观不同，要不攀不比、顺其自然，做最好最真实的自己。每个人都有自己独树一帜的优点、魅力和闪光点。无论你平日或高考时成绩如何，都丝毫不会影响爸爸妈妈对你的爱和信任，你在爸爸妈妈心中永远是最棒的，最优秀的！最后还是送你我常说的这四句话：

自信是快乐的基石，
坚持是成功的支柱。
智慧是宝贵的财富，
道德是幸福的源泉。

2022 年 2 月 4 日星期五立春日

珍爱环境　保护地球

（此文是笔者与身为小学生的儿子共同创作的）

地球，一个多么美丽的星球！

春天，小草发芽了，蒲公英开花了，柳叶舒展，流水潺潺！

夏天，大地一片绿色，崇山峻岭，万紫千红。蛙声鸟鸣，悦耳动听。

秋天，收获的季节，稻谷黄了，枫叶红了，果实累累，大雁南飞！

冬天，白雪纷飞，大街小巷银装素裹，别有一番风韵，小朋友们还可以堆雪人、打雪仗，痛痛快快玩儿一场。

这里有一年四季，每个季节都有它独特的风景。这就是地球，我们赖以生存的美丽家园！

可是，如果不好好珍惜，乱丢垃圾，城市会变脏、河水会变臭、汽车尾气多、天空变灰暗。怎么办？

　　我，有一个梦想，要好好学习，长大后利用风、利用水、利用太阳能，转换自然能量，让资源永远不会枯竭。可以不再用石油，让飞机依然在蓝天上自由地翱翔；让奔驰的汽车不再有一点点尾气；让城市的天空与草原上的蓝天一样清澈；让我们人类既利用了高科技，又享受了大自然的美好！

　　世上无难事，只怕有心人，我要努力实现我的梦想！让地球永远成为人类最美丽的家园！

　　备注：此文是我与小学四年级的儿子共同创作的，目的是鼓励他参与朗诵比赛，提升自信心。结果此文却获得了三等奖，真是意外之喜。

2014 年 3 月 22 日夜于北京家中

善　待

善待别人，就是善待自己。几人能懂这个真理？以至善一生的孔子为例，众所周知，孔子的后代子孙，代代相传，至今已经到了第八十代，代代富贵。而我们现代人最多能富贵几代呢？

我们每个人都认为自己是善良的，确实，人之初性本善，但是，当我们长大后，融入到这个红尘滚滚、五花八门的社会后，我们仍然善良吗？为了生存，为了竞争，为了虚荣，为了享乐，为了自身利益，为了自己舒服，为了满足自己的欲望，为了一吐为快，为了证明自己的观点，甚至为了毫无实意的虚名，为了一时之快意，是不是毫不顾及别人的感受，每天固执己见地活着？

《弟子规》里有段话："同是人，类不齐。流俗众，仁者希。果仁者，人多畏。言不讳，色不媚。能亲仁，无限好。德日进，过日少。不亲仁，无限害。小人进，百事坏。"

我们静下心来，好好反观自己，家里家外，不肯吃一点亏，不肯多付出一点点。何曾感人恩德，想他人好处了？天天盯着别人的缺点不放，看人不顺眼，从不肯改变自己，只想着让对方改变。别人有一点让我们不满意就耿耿于怀，怨气在心，自己折磨自己，不能善待自己，更别说善待别人了。

　　举个人人都亲身经历的例子，现在网络时代，每个人都在网上买东西，有的是吃的，有的是用的，尤其是吃的，因为自己饿了，快递小哥慢一点，或者送错东西，或不小心撒点东西，立刻就差评、就投诉，毫无感恩之心，认为自己花了钱，服务就得丝毫不能有差错。实际呢，我们在催单的过程中很可能就"要了一个人的命"。我在上下班的路上，看过几次快递小哥当场在车祸中被撞昏迷，有的被撞得血肉模糊，有的被撞倒，送的食物更是摔散在地，实在是惨不忍睹。每每遇到这场景，我都心痛不已。

　　当然，有的快递小哥为了多挣几单，乱闯红灯，车速就是快，也有的快递小哥不负责任，这样的人也是有的。实际上各行各业都有素质差的人，这是正常的，我们不能以点概面。凡事要往好处想才是正能量。这些快递小哥给我们这些工作忙又懒惰的人省了太多时间，我们要心存感恩才是。

　　他们也是父母最疼爱的儿女，有的也是孩子的父母，也是服务社会大众的工作者，他们背井离乡、离开亲人，也是为了养家糊口。活着都不易。如果我们恰恰就是那个急着催单或差评的顾客，我们还觉得自己善良吗？以小见大，举一反三，我们在生活工作中是如何对待这些和我们打交道的陌生人的？是否无怨无悔给人方便了？是否换位思考了？是否善待一切人了？

更有甚者，对和自己毫不相关的人事物，还指名道姓，公开大肆指责或宣扬评论人家的隐私和对错，尤其在毫不了解对方真实品德的情况下，人云亦云、妄加评论，借以贬低别人来抬高自己，毫无修养教养可言，还觉得自己言之有理，岂不悲哉。我们还觉得自己善良吗？

金无足赤，人无完人。这些只知道一味要求、挑剔不满、抱怨别人的人，忘了自己既不是圣人，也不是伟人，更不是仁人。

作为中国人，如果从小没有接受父母良好的家教，没有把中国传统文化的道德教育用到自己为人处世上，必会用完美的标准要求别人，用宽容的标准要求自己。结果就会给他人带来烦恼，自己也活得不快乐。

在中国五千年的传统文化里对善良是有着明确标准的，绝不是自己认为的善良就是善良。从儒家到道家这方面的书太多了，充满了我们祖先无上的大智慧。善良是利人利己的。

仁义礼智信，温良恭俭让，做人最基本的善，看看我们都能做到多少呢？

中国有句俗语，"祸从口出，病从口入"。很多烦恼痛苦和灾难都是因为内心不善、口出恶言。路遥知马力，日久见人心。尤其对与我们毫无关系的人和事要保持沉默。

超乎我们人个能力和道德范畴，给自己和他人带来烦恼、痛苦和不利的一切负能量的思想、言语、行为都是不善待自己也不善待别人的表现。

如贪财、贪色、贪名、贪利等；如生气、不满、怨恨、恼怒等；如嫉妒、狭隘、虚伪、傲慢等；如恶口、挑拨、妄言、怀疑等。

家里家外都不要怀疑误会别人，以小人之心度君子之腹，烦恼的是自己。害人之心不可有，防人之心不可无，这句话是让我们为人处世小心谨慎，讲诚信，利人利己。并不是让我们天天无端怀疑别人。与人相处，最重要的是信任、理解和尊重。

明代大思想家洪应明在《菜根谭》里说道，不责人小过，不发人阴私，不念人旧恶，三者可以养德亦可以远害。《了凡四训》里，袁了凡先生一再强调谦德之效是成功的前提。

孔子曰："三人行必有我师焉，择其善者而从之，其不善者而改之。"子曰:"见贤思齐焉,见不贤而内自省也。"庄子曰:"至人无己,神人无功,圣人无名。"老子曰:"上善若水,水善利万物而不争,处众人之所恶,故几于道。居善地,心善渊,与善仁,言善信,正善治,事善能,动善时。夫唯不争,故无尤。"

以上这些圣人给我们普通人的教诲,只要努力,每个人都能做到。只有努力去做了,我们此生才会不遗憾、不后悔,一生幸福。

清华大学校训"自强不息,厚德载物",也一样秉承中国传统文化。纵观世界历史风云,在诸多的国家中,唯中国这个泱泱大国,有五千年不间断的辉煌历史、灿烂文明。虽然经历了坎坷命运,但最终还是如一颗黑夜里耀眼至极的明星,煜煜生辉于无数星星之中。中国传统文化底蕴,让历代君王基本都以仁善、清正为治国之道,不霸权,不欺弱小。可见道德才是一个国家永远兴盛不败的根基,同理,道德才是一个人幸福快乐的源泉。

厚德又何尝不是以善心善念善言善行来善待一切人为基准呢。别人恶我们不能恶!中国还有句俗语,以德报怨,吃亏是福。我们不要怕吃亏。受冤枉也不用委屈,我们有善心,生活最终一定会给我们安心。知识和高学历并不能给我们真正永恒的快乐，有一颗善良又智慧的心却可以。

其实当我们面对一件事情，想不开、放不下的时候，我们要明白，人生最多不过百年，何必执着，自己和自己过不去。人生不幸的根源，就是我们不懂善待自己，更不懂善待他人。有时，痛苦和不幸看似都是外界造成的，其实真正折磨我们的是自己的执着。我们都达不到圣人的境界，但是我们要以圣人的教诲来指导我们的人生。《弟子规》开篇就告诉我们：弟子规，圣人训。首孝悌，次谨信。泛爱众，而亲仁。有余力，则学文。

不断提升自己的思想境界和格局，自然提升了幸福指数。

我们大多数人与别人相处的时候，尤其是和身边最亲近的人相处时，都习惯盯着对方的缺点，不肯放下烦恼，总是忽略对方的优点。如果我们把一个人的优点和缺点比喻成一个带有污点的玉镯，优点可比作没有污点的部分，缺点比作是那个污点。当这个玉镯放到我们面前时，人都会本能地先盯着这个玉镯的污点。却忽视了玉镯的绝大部分是美好的。这就是大多数人的惯性思维。

人们习惯以点概面，如果社会上有某个医生被传出来医德医风差，于是乎，许多人包括一些媒体立刻就抹黑全体医生。如果有个出租车司机犯了错，那就会抹黑所有出租车司机。如果有某个老师传出德风差，那又会刻意抹黑全部老师。

　　俗话说，好事不出门，坏事传千里。有些媒体和个人，仅为了个人私利和私欲，吸引世人眼球，不能实事求是，甚至不惜一切代价搜集揭露公众人物的各种隐私，甚至夸大其词发布负能量内容，导致一些人在网络上公开谩骂、贬低、攻击、诽谤，给当事人和社会带来了不和谐因素。《弟子规》言"人有短，切莫揭。人有私，切莫说。道人善，即是善。人知之，愈思勉。疾之甚，祸且作。"

　　如果生活中遇到类似这样毫无理性可言，内心满是负能量的"垃圾人"，一定要赶紧敬而远之或保持距离。不要试图和他们去讲道理，也不要指望用我们的善行去感动，此时沉默是金，否则只会让对方的恶行变本加厉。因为这些人的思想言行已经完全偏离了正常人的心态和标准。所以圣人告诫我们：是非以不辩为究竟。

　　人到中年，经历了人生的风风雨雨，走到今天才明白，其实人生本没有顺境逆境之分，没有十全十美。只管行善，莫问前程。仰不愧天，俯不愧地。一切顺其自然。年少时无论中高考的成功或失败，到青春期恋爱的成功或失败，再到工作事业的成功或挫败，现在回头看，当时的逆境现在看来反而都是好事，所以人生的成败不要看眼前，往往多年以后，才能见分晓。没有人能随随便便成功。即使最平凡的人生也要有不气馁不放弃的过程。

茫茫人海里大都是平凡的人。要自信，天生我材必有用。不计较，不比较，时时心存善念，时时有一颗为他人着想的心，时时知足常乐，时时心存感恩。活出自我应有的价值，自会拥有最大的幸福和快乐。

己所不欲，勿施于人。

长辈和晚辈之间，婆媳之间，母子之间，夫妻之间，同事之间，朋友之间，恋人之间，医患之间，师生之间，合作伙伴之间，领导和下属之间，我们和一切人打交道，付出总会有回报，善待他人就是善待我们自己。

宠辱不惊，闲看庭前花开花落；去留无意，漫随天外云卷云舒。穷则独善其身，达则兼济天下。最幸福快乐的人生莫过于这两种思想境界都具备的人。

2021 年夏季于北京家中

后　记

一花一风景，一人一世界。

缥缈的岁月浸染了色彩纷呈的人生，如梦如幻，溶化了青春，尘封了记忆。悠悠时光，生命如朝阳轻轻地来，又如晚霞悄悄地去，来去了无痕。

理想决定了追求，心态造就了行为，境遇定格了命运，道德刻画了芸芸众生幸与不幸的样子。幸福与快乐没有标准，很多人苦苦执着的、拼命追求的、引以为荣的人事物，往往是别人不屑一顾的。

用理性平和的心，接受当下现实生活的全部。从思想到言行，用虔诚的心善待自己，善待一切人。无论身处何境、遭遇如何，都自强不息，总能在岁月的荒崖上，体悟到生命中片片幸福花开的美丽。

2023 年 5 月 6 日于北京家中